Lucy Fricke

Das Fest

Lucy Fricke

DAS FEST

Roman

claassen

Für Anna

ELLEN

Es wird nicht gefeiert.

Das hatte er vor Monaten gesagt, und jetzt stand er in Boxershorts und gebügeltem Hemd in der offenen Wohnungstür und hatte offenbar geglaubt, ich würde mich daran halten. Doch ich war diejenige, die andere zu ihrem Glück zwang, und so eine ließ man nicht draußen stehen. Zumindest verzichtete ich darauf, ihm ein Ständchen zu singen. Ich nahm ihn bloß in den Arm und schob mich an ihm vorbei in den Flur.

Unter den üblichen Zigarettengeruch hatte sich ein penetranter Duft von Räucherstäbchen gemischt, die überall in der Wohnung vor sich hin glommen. Über das Bett im Schlafzimmer war eine Tagesdecke in strahlendem Weiß geworfen, nicht ein einziges Kleidungsstück lag herum, es schien, als würde er gar keines mehr besitzen. Die gesamte Wohnung sah aus, als würde er hier nicht mehr wohnen, als wäre er bei sich zu Hause nur Gast.

Seit Wochen hatten wir uns nicht gesehen, grundlegend müde sei er, hatte er am Telefon gesagt, müsse mal nachdenken. Bloß dass einem nichts einfiel, wenn man immer nur zu

Hause blieb, das war meine Meinung. Jakob und ich hatten gemeinsam die halbe Welt gesehen, und jedes Mal hatten die Freunde gedacht, bei der nächsten Reise werde aus uns beiden endlich ein Paar. Manchmal hatten wir es sogar selbst geglaubt. Wir waren ineinander verliebt gewesen, immer mal wieder, immer abwechselnd, nie gleichzeitig. Wir hatten, könnte man sagen, über drei Jahrzehnte Zeit gehabt, uns zu verpassen. Und jetzt standen wir hier, als beste Freunde an seinem fünfzigsten Geburtstag, den er nicht feiern wollte.

Er wisse gar nicht, wie das gehen solle in diesen Zeiten, wie man die Laune dafür aufbringen könne. Kriege, Anschläge, Epidemien, Naturkatastrophen und Wahlerfolge, die einem die letzte Hoffnung austrieben. Da gebe es nichts zu feiern, wirklich ein absurder Vorschlag, das hatte ich mir anhören müssen.

Bitte, Ellen, alles, nur keine Party. Keine Überraschungen, erst recht keine Gäste.

Ich stellte die große Einkaufstasche in seiner Küche ab und lächelte, gnädig, so gerade noch gnädig. Wie ich Menschen anlächelte, die ich eigentlich schütteln wollte. An den Schultern packen und kräftig durchschütteln, stattdessen musste ich nun lächeln und die Torte auspacken.

Auf dem Tisch lagen ein paar Karten, die Jakob als seine Geburtstagspost präsentierte. Rabattcoupons von Karstadt, Otto und einem Teegeschäft, bei dem er regelmäßig japanischen Grüntee orderte.

Sonst nichts?, fragte ich.

Doch. Eine Einladung zur Krebsvorsorge.

Er ließ sich auf den Stuhl fallen mit einem Stöhnen, das klang, als hätte er mit allem abgeschlossen.

Was ist mit deiner Wohnung passiert?

Ausgemistet, sagte er. Das sei doch alles nur Ballast. Der ganze Krempel, die ganzen Erinnerungen, alles entsorgt.

Das heißt, du machst Platz für was Neues, schlug ich vor.

Halte ich für unwahrscheinlich.

Aber es ist nicht ausgeschlossen.

Ausschließen würde ich nicht einmal die Existenz Gottes.

Ich nahm den Champagner aus der Tasche, dazu eine Rolle Luftschlangen und einen Beutel mit goldenen Zahlen, als könnte man gute Laune im Vorbeigehen in der Bastelecke kaufen. Genauso gut hätte ich ein Tischfeuerwerk voller Plastikmüll zünden können. Früher hätten Jakob und ich darüber gelacht, wie wir über alles gelacht hatten, am lautesten über uns. Ich wusste nicht, wohin das verschwunden war, und konnte nur hoffen, wir hatten es der nachfolgenden Generation vermacht. Auch wenn es selten Anlass gab, das zu glauben.

Als ich zwei Packungen bunter Geburtstagskerzen aus der Tasche holte, gab Jakob abermals sein erschöpftes Seufzen von sich.

Immer mehr Kerzen, immer weniger Puste, meinte er.

Ich hatte alt werden wollen mit diesem Freund, aber doch nicht jetzt schon. Ich steckte nur eine einzelne Kerze in die Schokoladenglasur der Torte und sagte, dass wir auf diese Weise mit den restlichen Kerzen bis zu seinem Hundertsten auskommen würden. Was für ihn, wie er sofort erklärte, alles andere als eine reizvolle Vorstellung sei.

Es ist nur eine Zahl, Jakob, sagte ich und dachte: Nicht einmal die schlimmste, die schlimmsten Zahlen standen uns noch bevor, wenn alles gut ging.

Nichts sei jemals nur eine Zahl, entgegnete er und zündete sich eine Zigarette an.

Als wir vor Monaten erstmals über diesen Tag gesprochen hatten, war offensichtlich geworden, dass die Fünfzig für Jakob ein Abgrund war. Der Gedanke, ein ganz und gar mittelmäßiges Leben geführt zu haben, nichts erreicht, nichts vollbracht, nichts hinterlassen, ein Leben ohne Spuren. Kein Haus, kein Kind, kein Baum. Er glaubte, mit fünfzig seien die Weichen endgültig gestellt, nichts könne sich mehr ändern, alles sei dem Untergang geweiht. Das Schlimmste an jenem Aprilabend, den wir auf seinem kargen Balkon verbrachten, war mein Eindruck, dass er sich mit alldem abgefunden hatte. Es war ein Abgrund, in den ich mit zu fallen drohte, und das nicht nur aus alter Solidarität. Ich war nur wenige Monate jünger und für Krisen aller Art schon immer anfällig gewesen. Vielleicht auch deshalb hatte ich begonnen, seinen Geburtstag vorzubereiten. Ich hatte Nachrichten geschrieben, Telefonate geführt, mich mit Bedenken und Zweifeln herumgeschlagen, die allesamt begründet waren, doch ich hatte mich nicht davon abbringen lassen, und jetzt konnte ich nichts mehr tun, als meinem Plan zu folgen.

Allerdings musste ich Jakob noch aus dem Haus bekommen. Notfalls würde ich die Wohnung in Brand stecken, Kerzen hatte ich schließlich genug.

Eine Zahl habe immer eine Bedeutung, behauptete Jakob jetzt. Jede Zahl ziehe Konsequenzen nach sich. Kontostände, Aktienkurse, Temperaturen, Tarife, Umfragen, Quoten, überall Zahlen, an denen wir uns festklammerten, die unser Leben bestimmten, uns zermürbten. Zu sagen, es sei nur eine Zahl, sei absoluter Unfug, blinde Aufmunterung, was nun wirklich nicht meine Art sei.

Unbeirrt öffnete ich mit einem dumpfen Knall den Champagner und füllte die Gläser.

Er wisse natürlich, wie ich das meine, sagte Jakob, aber dafür sei er gerade nicht sonderlich empfänglich. Für dieses: Andere werden mit Ende siebzig Präsident der Vereinigten Staaten, andere machen mit zweiundneunzig Jahren noch einen Fallschirmsprung oder ein Vermögen. Für dieses: Es ist immer noch alles möglich. Denn genau das sei ja das Anstrengende. Dass es nie aufhöre, stattdessen regelrecht erwartet werde, dass man noch immer Ziele habe, große Träume, er hingegen wolle jetzt einfach seine Ruhe.

Ich zündete die Kerze für ihn an, reichte ihm sein Glas, und wir stießen an in vollendeter Trostlosigkeit.

Herzlichen Glückwunsch, sagte ich, und Jakob nickte, bevor er mit geschlossenen Augen die Flamme auspustete.

Ich wusste, er pustete nur für mich. Jakob wünschte sich nichts. Er hatte vor genau zweiundzwanzig Jahren mit dem Wünschen aufgehört. Wenn Wünsche wahr wurden, das wusste er seitdem, konnte es den Anfang einer Tragödie bedeuten. Andererseits, dachte ich, konnte im Rückblick alles den Anfang einer Tragödie bedeuten. Nur allzu oft im Leben wünschten wir uns, was uns später ruinierte. Häuser, Ehen, Erfolge, wir hatten die nahezu unglaubliche Fähigkeit, an allem zu zerbrechen.

Ich schob ein quadratisches Päckchen zu ihm hin, notdürftig verpackt in verknittertem Papier, mit einer schlaffen Schleife drum herum. An einer Stelle hatte sich das Klebeband gelöst. Mit Liebe verpackt, nannte ich das, und Jakob fühlte sich nun in der Annahme bestärkt, dass meine Liebe über wenig Talent verfüge und gänzlich ungeschickt sei, worin ich ihm leider beipflichten musste. Meine Liebe kam auch heute um die Ecke wie ein betrunkener, humpelnder Zwerg.

Schon als er die Schleife abriss, fiel das Geschenk heraus.

Fragend hielt Jakob das kleine schwarze Stoffteil in der Hand.

Damit du keine Ausrede mehr hast, sagte ich.

Ob ich ihm ernsthaft eine Unterhose schenke, damit er sich, woraus auch immer, nicht herauswinden könne? Ob ich ihm Angst machen wolle?

Es ist eine Badehose, sagte ich.

Jakob füllte unsere Gläser randvoll nach und schüttelte den Kopf. Auf keinen Fall werde er da rausgehen, in diesen Jahrhundertsommer, achtundzwanzig Grad an einem 19. September, das Ende sei nah, noch nie sei es so heiß gewesen an seinem Geburtstag. Wenn ich wolle, könne ich jetzt auch die goldenen Ziffern aufhängen, das störe ihn nicht.

Wir haben nicht mehr so viel Zeit, sagte ich.

Jakob fragte, ob das eine generelle Ansage sei.

Doch ich meinte uns, nicht die Menschheit im Allgemeinen, ich meinte unser kleines Leben, das nun, wie ich schätzte, im letzten Drittel angekommen war. Manche nannten es die zweite Jugend, bloß mit Aktienpaket, Bauchfett, beginnender Arthrose und, wie sie nicht müde wurden zu behaupten, Gelassenheit.

Was glaubst du, wie viele gute Jahre haben wir noch?

Zwanzig, sagte Jakob, ohne zu zögern, danach gehe es definitiv bergab, da müsse man sich von seinem Körper dann verabschieden.

Das sind noch zwanzig Sommer, sagte ich. Ich rief es sogar laut aus, wie einen Schlachtruf.

Noch zwanzig Sommer, Jakob!

Was ich meinte: Wir sollten keinen Sommer mehr verpassen, sollten jeden einzelnen Tag genießen, jede Einladung annehmen, zu jeder verfluchten Gartenparty gehen, bis nachts um drei in Mückenschwärmen sitzen, warmes Bier trinken und jeden Menschen umarmen, der uns nicht das Herz brach. Es war endlich Zeit, sich an das Leben zu verschwenden.

Jakob sagte, zwanzig Sommer, das sei überschaubar, gerade noch auszuhalten.

Der heutige Tag war mein letzter Versuch, ihn an den Schultern zu packen.

Und alle wussten Bescheid.

INKEN

Wir standen am Eingang des Freibades, in dem er früher, in einer Zeit, von der er inzwischen dachte, dass er damals noch blutjung gewesen sei, nämlich Ende dreißig, jeden Morgen seine Bahnen gezogen hatte. Es war kurz nach der Trennung von Inken gewesen, da hatte er versucht, seinem schlechten Gewissen davonzuschwimmen, ganze drei Jahre lang, erfolglos. Schließlich wurde das Bad wegen Umbaus geschlossen.

Mit einem knappen Winken verschwand ich in der Damenumkleide, während Jakob nichts wiedererkannte. Er irrte durch die Umkleideräume, duschte unter dem feinen Strahl einer so genannten Tropendusche, ein Wort, das ihm, seitdem es zum ersten Mal aufgetaucht war, wie der reinste Hohn vorkam, als wäre dieser leichte, warme Regen typisch für die Tropen, in denen gewaltige Regengüsse die Landstriche überschwemmten, Häuser und Leben mit sich rissen.

Die Badehose war ihm zu klein, aber das konnte er mir nicht vorwerfen, er hatte in diesem Sommer pro Woche ein Pfund zugenommen. Jakob legte sich das Handtuch um seinen Körper, der ihm zunehmend fremd wurde, trat hinaus und erblickte das nackte Grauen. Wasserrutschen, Springbrunnen, Poolnudeln, Kinder. *Erlebnisbad,* er hatte es in großen hellblauen Lettern am Eingang gelesen. Wer konnte so etwas wollen? Er selbst wollte im Schwimmbad vor allem eines, schwimmen.

Hilflos stand er vor den Umkleiden, fragte sich, ob er hier wohl rauchen durfte und wann das angefangen hatte mit seiner ermüdenden Hilflosigkeit. Die frühe Mittagssonne war so grell, dass er kaum etwas sah. Er hielt sich die Hand über die Augen und blickte sich suchend um, sah weder einen Aschenbecher noch mich. Ich war verschwunden und würde es bleiben.

Er setzte sich in Bewegung, ließ seinen Blick dabei abfällig, doch nicht ohne Faszination über die Spaßzone gleiten, über das Jacuzzi- und Thermalbecken, über die Liegewiese, die erstaunlich ruhig war. Er sah Menschen Bücher lesen. Jakob selbst hatte sich in diesem Bad nie lange aufgehalten in jenen Jahren, als er seine Bahnen zog; er hatte nie herumgelegen, grundsätzlich nicht, er war wie getrieben von einem Job zum anderen gelaufen, von einer Idee zur nächsten. Ruhelos nannte man ihn damals, eine Beschreibung, über die er heute nur lachen konnte.

Zu seiner Überraschung gab es sein Becken noch, das unbeheizte Schwimmerbecken, für die, die es ernst meinten, und zwar genau dort, wo es schon vor dem Umbau gewesen war. Nahezu leer lag es da, im Wasser trieb erstes Laub. Es hatte sich kaum verändert, wirkte inmitten von all dem Spaß jetzt bloß wie eine Abstellfläche, auf der man überflüssiges Zeug lagerte. Im gesamten Kiez gab es diese Flächen, ranzige Orte, die weniger wurden, an denen sich die alten Bewohner trafen, die hier seit Jahrzehnten lebten, Menschen, die alles Mögliche wollten, aber bitte keine Erlebnisse mehr. Man trank Pils, und vor den Toiletten blinkte der Flipperautomat. Das Glück war eine einfache, aber bedrohte Angelegenheit. Es hätte den Status eines immateriellen Kulturerbes verdient.

Jakob legte sein Handtuch aufs Gras und stieg ins Becken hinab. In seinem Kopf ein Champagnerglimmer, der ihn glauben ließ, er könnte das Wasser durchpflügen wie ein verzweifelter Enddreißiger. Was nicht der Fall war. Jakob schnappte nach Luft. Er quälte sich in die ersten Züge, schwamm an gegen die Kälte, gegen die Taubheit, die, wie er wusste, nicht nur seinen Körper ergriffen hatte. Seine Atmung war hektisch, er schluckte Wasser, schaffte die erste Bahn, die zweite, fühlte sich wie ein Wal, lächerlich, dachte er. Nach der dritten Bahn fand er langsam seinen Rhythmus, sein Kopf tauchte unter Wasser und wieder auf, atmen, weitermachen, Wende, und wieder zurück. Wie hatte er jemals damit aufhören können, fragte er sich. Warum hörte man auf mit den Dingen, die gut für einen waren, machte weiter mit denen, die einen zersetzten? Warum zog es ihn immer nach unten?

Als er den Kopf hob, war ihm, als sähe er Inken neben sich im Wasser, eine kleine schwarze Schwimmbrille im Gesicht, er konnte ihre Augen nicht erkennen, aber ihr schmales Kinn, die Nase, die nach einem Sturz in der Kindheit deutlich nach links zeigte. Begegnungen dieser Art hatte er häufig in letzter Zeit. Er war in ein Alter gekommen, in dem er ständig Leute von früher sah. Sie spazierten an ihm vorbei, saßen in Bussen und U-Bahnen, standen am Tresen, an der Supermarktkasse, unter der Straßenlaterne, meistens waren sie nicht einen Tag gealtert. Sie sahen genauso aus wie damals. Sie erkannten ihn nicht, bemerkten ihn nicht einmal. Zeiten und Erinnerungen überlagerten sich, die Welt um ihn herum wurde kleiner, je älter er wurde. Gesichter wiederholten sich wie Geschichten, was zu der fatalen Annahme führte, er würde alles schon kennen, hätte alles schon gesehen und könnte von nichts und niemandem mehr überrascht werden.

Noch eine Wende, noch eine Bahn. Das Atmen nicht vergessen. Sein Körper wurde leichter, die Bewegungen fließender, ich bin wieder da, dachte er, als wäre es am Ende so einfach, als würden dreihundert Meter in seinem alten Schwimmbecken reichen. Er schaffte weitere vier Bahnen, bevor er sein Herz pumpen spürte, verstörend wild. In Rückenlage schwamm er zum Beckenrand, stützte sich dort mit einem Ellenbogen ab und tat, als würde er die Sonne genießen, das ganze wundervolle Leben. Wäre da nicht diese Stimme gewesen, als läge er wieder im Ehebett, eine Stimme, die nur drei Worte sagte: Herzlichen Glückwunsch, Jakob.

Neben ihm hielt sich Inken am Beckenrand fest, die Schwimmbrille hochgeschoben und jetzt unverkennbar zehn Jahre älter als damals bei ihrem Abschied.

So ein Zufall, sagte sie, und nichts in ihrem Gesicht verriet eine Spur von Überraschung.

Er wusste nicht, wie man sich hätte begrüßen sollen in so einem Moment, nach all der Zeit, dazu quasi nackt und außer Atem.

Ich dachte, du wohnst jetzt in Charlottenburg?, entfuhr es ihm, und dass in dieser Frage niemand, nicht einmal die ehemals große Liebe, eine Freude erkennen konnte, war ihm selbst klar. Beinahe hätte er sich entschuldigt, allerdings hatte er nicht vergessen, wie sehr Inken von seinen ewigen Entschuldigungen genervt gewesen war. Eigentlich hatte er sich seitdem nie wieder entschuldigt, bei niemandem, für gar nichts.

Sie lachte. Das sind fünfzehn Minuten mit der U-Bahn, nicht gerade das andere Ende der Welt. Wenn man es genau betrachtet, ist der Zufall eigentlich nicht, dass wir uns hier treffen, sondern dass wir uns zehn Jahre lang nicht über den Weg gelaufen sind. In derselben Stadt. Wie ist das möglich?

Jakob meinte, das gehe ihm in Berlin ständig so. In dieser Stadt laufe man sich nicht einfach über den Weg.

Vielleicht solltest du öfter vor die Tür gehen, siehst blass aus, sagte sie, und das war noch das Höflichste, was Inken einfiel.

Sie blickten einander an.

Wenn man jemanden nach langer Zeit wiedersah, traf einen neuerdings nicht selten der Schock. Es gab diese Sprünge, innerhalb weniger kritischer Wochen konnte man um Jahre altern, dafür brauchte es keine Krankheit, nur das Leben als solches. Es war jetzt die Phase, in der man bei jedem Wiedersehen unwillkürlich zusammenzuckte, weil man nicht glauben konnte, was mit dem anderen passiert war. Inkens Lippen waren nur noch ein schmaler Strich, ihre Wangen wirkten weich und schwer. Und Jakobs Nase war größer geworden, ein regelrechter Zinken jetzt, sein linkes Augenlid hing ganz leicht, überhaupt seine linke Gesichtshälfte. Warum wurden wir alle so schief? Wir standen uns mit schiefen Visagen gegenüber und taten, als wäre das normal. War es ja auch, wir hatten nur nicht erwartet, dass es so schnell gehen würde. Wir verloren unser Zeitgefühl und redeten uns mit der Pandemie heraus. Wir gaben den Coronajahren die Schuld an der Müdigkeit, dem sozialen Rückzug, dem geschrumpften Freundeskreis, den missglückten Chancen, dem Niedergang der Karrieren, all dem, worin wir plötzlich festzustecken glaubten.

Doch nichts davon kam von außen, es kam alles aus uns selbst.

Jakob wandte den Blick ab und starrte aufs Wasser. Inken konnte sehen, wie er versuchte, sich zu sortieren. Kein Gesicht hatte ihr je so viel verraten wie seines. Er war attraktiv gewesen früher, glücklicherweise ohne es zu wissen. Jakob hatte zu denen gehört, die leuchteten. Sie war geblendet gewesen von seinen Ambitionen, seiner Energie und Zuversicht, die durchzogen war von einer feinen Linie der Verletzlichkeit. Etwas Schöneres kannte Inken nicht. Aus der feinen Linie war über die Jahre ein Riss geworden.

Sie ließ ihm seine Zeit, bevor sie fragte, wie es ihm gehe.

Ach, sagte Jakob, super eigentlich. Doch.

Er erzählte ihr was von einer Auszeit, dass er einfach die Maschine angehalten habe, es sei so wichtig, mal an den Rand zu treten, Zeit zu haben für die wirklich großen Fragen, was im

Leben wichtig sei, wer man sein wolle und ob das noch mit dem zu tun habe, der man war.

Bist du in Therapie?, wollte Inken wissen. Du klingst so.

Nein, sagte er. Er liege nur auf dem Sofa und spreche mit sich selbst. Dafür brauche er keinen überbezahlten Analytiker.

Du liegst den ganzen Tag auf dem Sofa?, fragte sie.

Manchmal spiele ich Billard.

Wo?

Am Computer.

Dass er das unumwunden zugab, überraschte ihn selbst. Insgeheim hatte er gehofft, Inken werde diese Wahrheit für einen Scherz halten, sie sah ihn auch ganz verwirrt an, sagte dann aber nur: Bei dem Wetter?

Und das hatte ihn schon immer aufgeregt.

Jetzt lass doch mal das Wetter da raus! Ihr immer alle mit eurem Wetter. Ich bin endlich alt genug, dass ich bei Sonne drinnen bleiben darf. Als wäre die Sonne allein ein Grund, vor die Tür zu gehen! Das kann man bestenfalls noch in Nord- und Mitteleuropa behaupten, und auch hier nicht mehr lange.

Wir lösen uns auf, sagte Inken und wusste in diesem Moment wieder, warum sie kein Paar mehr waren.

Ganz genau! Ich kann es kaum erwarten.

Ich meinte, wir sollten aus dem Wasser. Wir schrumpeln hier weg.

Jakob sah seine Füße an und meinte, das sei letztlich nur ein Vorgeschmack, ein kleiner Ausblick auf die schwammige Zukunft.

Weißt du, was ich am meisten vermisse?, fragte Inken, als

sie aus dem Becken stiegen, doch Jakobs Hoffnung auf eine romantische Erinnerung währte nicht lang.

Dieses Schild bei den Frauen, sagte sie. Auf dem stand: *Rauchen und Rasieren ist in den Duschräumen nicht gestattet.* Ich war früher nur einmal hier, aber ich fand die Vorstellung mondän. Mit Kippe im Mund und Rasierschaum an den Beinen unter der Dusche zu stehen. Es werden ja nur Sachen verboten, die mal erlaubt gewesen sind.

Er lachte. Ja, das waren wahrhaft hemmungslose Zeiten.

Jakob wickelte sich in sein Handtuch, ein überdimensioniertes rotes Strandtuch mit dem Aufdruck der Filmproduktionsfirma, mit der er seinen letzten großen Misserfolg gedreht hatte, eine Sommerkomödie unter den Palmen Balis, an der nichts komisch, sondern alles peinlich gewesen war. Ich trage mein eigenes Leichentuch, dachte er.

Ich liege da hinten, sagte Inken und zeigte in Richtung des Sprungbeckens, wo sich unüberhörbar ein Tumult zusammenbraute. Über die Lautsprecher kam eine Durchsage, bei der Jakob erschauderte.

An den Jungen, der seit fünf Minuten auf dem Zehnmeterturm steht: Spring endlich! Alle warten auf dich!

Noch schlimmer als diese beiden Sätze war das Lachen, das jetzt überall zu hören war. Das gesamte Freibad lachte, und Jakob sagte: Der arme Kerl. Der steht da genau so, wie ich mich fühle.

Dann wird es wohl Zeit, dass er springt, meinte sie, und plötzlich durchzuckte sie etwas. Inken rannte los, wie nur eine Mutter rennen konnte, das wusste Jakob in diesem Moment, ihr Sohn musste mit ins Freibad gekommen sein, denn er hatte sie noch niemals so gesehen. Eigentlich kannte er sie gar nicht mehr, dachte er und rannte hinterher.

Eugen!, hörte er sie rufen. Eugen!

Diesen Namen musste der Vater ausgesucht haben, zumindest hoffte Jakob das, und in dem Moment sah er den Jungen springen. Alle sahen den Jungen kerzengerade ins Wasser schießen, er tauchte ein wie ein Pfeil, und als er wieder auftauchte, war Inken die Einzige, die nicht applaudierte. Sie kniete am Beckenrand und reichte ihrem Sohn die Hand, an der er vorbeischwamm. Er brauchte sie nicht mehr, vielleicht nicht mal ihren Applaus. Auf der gegenüberliegenden Seite stieg er aus dem Becken und lief lachend zu seinen Freunden.

Das war's dann wohl, sagte Inken erschöpft und nahm, aus alter Gewohnheit oder neuer Verzweiflung, Jakobs Hand und zog ihn in Richtung ihrer Decke.

Er sei eigentlich mit Ellen da, meinte er. Nur habe er keine Ahnung, wo sie abgeblieben sei.

Wahrscheinlich heimlich gegangen, sagte Inken. So ist sie doch früher schon gewesen, hat gesagt, sie geht auf die Toilette, und ward dann für den Rest des Abends nicht mehr gesehen. Weißt du noch, einmal hat sie das sogar bei uns zu Hause gebracht, da saßen wir zu fünft in der Küche, und nach dem Essen ist sie einfach verschwunden. Die hat schon so ihre Momente, die Ellen.

Womit sie nicht unrecht hatte.

Inken begann ihren Rucksack auszupacken, ein Baguette, Parmaschinken, eine Dose Oliven gefüllt mit Anchovis, ein kleines Stück Roquefort, Fenchelsalami, Schweizer Bergkäse, gesalzene Mandeln und eine Kühlflasche, in die sie, wie sie behauptete, Vinho Verde gefüllt habe, da Alkohol hier verboten, also heimlich zu trinken sei. Was, wenn er sich mal umgucke, wohl so ziemlich alle taten.

Doch Jakob konnte sich nicht umgucken, er starrte auf das ausgebreitete Picknick, kniff die Augen zusammen und dachte nur einen Satz: Fang jetzt bloß nicht an zu heulen.

Er war ein sentimentaler Typ, das wusste Inken genau, und das hier war sentimental, unerträglich sogar.

Sie erklärte ihm jetzt, sie würde manchmal ihr kleines Picknick wiederholen, wenn sie an ihn denke, wenn sie sich an seinen Geburtstag erinnere, den sie in der gemeinsamen Wohnung direkt nach dem Einzug gefeiert hatten, noch ohne Herd und ohne Geschirr. Alles war in Kartons verpackt gewesen, die Matratze lag auf dem Boden, und Inken hatte eine Lichterkette drum herumgelegt. Sie waren wirklich sehr jung gewesen, mit der ganzen Hoffnung, die zum Jungsein dazugehörte.

Sie hatten gedacht, sie könnten zusammen die Welt erobern, und dann mit den Jahren festgestellt, dass dieses Gefühl zu jenen Glücksmomenten gehörte, die nie wiederkehrten, weder mit anderen noch allein. Vielleicht war das der Punkt, an dem man alt wurde, ohne ihn hinterher genau benennen zu können. Wann hatte es aufgehört, dass man die Welt erobern wollte? Und man stattdessen von Gleichgültigkeit niedergewalzt wurde, die Welt zu einer Nachricht verkam, zu einem niederschmetternden Thema, das nichts als Schrecken bereithielt, worüber man stundenlang reden konnte, ohne jedoch noch etwas dabei zu empfinden?

Sie sahen zu Eugen hinüber, der schon wieder auf dem Sprungbrett stand. Inken wandte den Blick ab und betrachtete stattdessen Jakob von der Seite, sie hatte selten ein so melancholisches Profil gesehen.

Bereust du es?, fragte sie.

Dass er nicht mein Kind ist?

Zum Beispiel.

Inken schenkte ihnen Vinho Verde in zwei recycelte Bambusbecher ein.

Alles Gute zum Geburtstag, sagte sie, und sie stießen miteinander an, das traurige Geräusch von dünnem, totem Holz.

Jakob nahm sich eine Olive und sagte, dass er sich manchmal nach dem sehne, was er nicht gewollt, nach dem, was er nicht gelebt habe. Er frage sich oft, warum es nicht so gekommen sei. Er sagte ihr, was er ihr schon damals gesagt hatte, dass er keine Angst vor einem Kind gehabt habe, aber Angst vor sich als Vater.

Sein Vater hatte an Alkoholismus und Jähzorn gelitten und Jakob bestenfalls als Ballast empfunden. Ich konnte nicht auf ein Kind verzichten, nur weil dein Vater ein zutiefst unglücklicher Mann war, sagte Inken, und Jakob wusste das. Sie hatten beide keine Wahl gehabt.

Schweigend zündete er sich eine Zigarette an, sie sahen Eugen im Wasser lachen.

Jakob rauchte und dachte an das Kind, das sie verloren hatten. Inken im dritten Monat schwanger, ungeplant, und er hatte es nicht gewollt, hatte trotzdem versucht, sich damit abzufinden, dann hatten die Blutungen begonnen. Seine Erleichterung über die Fehlgeburt hatte er allein in einer seelenlosen Hotelbar fortgespült und hinterher behauptet, es habe sich um Trauer gehandelt. Danach hatte Inken an nichts anders mehr denken können, bis er schließlich davonrannte und sie das Kind mit einem anderen bekam.

Du könntest immer noch Vater werden, sagte sie. Das ist wohl das Einzige, worum ich Männer beneide, um die Zeit, die sie sich lassen können.

Nur leider, sagte Jakob, brauche es dafür Frauen, die deutlich jünger seien als man selbst, und das sei leider gar nichts für ihn.

Warum nicht? Ich dachte, alle lieben jüngere Frauen.

Begehren, allerhöchstens begehren, aber lieben, nein, danke. Viel zu viel Drama. Dieses Feuerwerk der Emotionen, das macht dich fertig.

Das klingt, als wüsstest du genau, wovon du sprichst. Das ist doch schön, tut dir bestimmt gut, so eine, die ein neues Leben mit sich bringt.

Er sei neulich bei einer Taufe gewesen, erzählte Jakob, da hätten nur grauhaarige und kahlköpfige Männer in der Kirche gesessen. Kein Vater unter fünfzig. Wo solle das hinführen?

Er schob sich eine Scheibe Fenchelsalami in den Mund, ein Stück Baguette und blickte zum Sprungbecken. Die Laune dort schien immer besser zu werden. All die Anfeuerungsrufe, der Jubel und Applaus ließen ihn auf eine gute, lange nicht gespürte Art unruhig werden.

Wie alt ist er eigentlich?, wollte Jakob wissen.

Eugen oder Oliver?

Wer ist Oliver?

Der Vater.

Ich versuche sehr ernsthaft, kein Interesse für ihn aufzubringen.

Er ist letzten Monat zehn Jahre alt geworden.

Das ging schnell, sagte Jakob leise.

Inken begann von der rennenden Zeit zu sprechen, ein Empfinden, das Jakob auf die ewige Wiederholung des Gleichen zurückführte, auf einen Mangel an Überraschungen, an Aufregung, Neugier. Auf die Tatsache, dass das Leben dünn wurde, sich wegschlich, wenn man nicht aufpasste.

Jakob verstummte und rechnete. Es war Silvester gewesen, ausgerechnet Silvester, als er sie verließ. Als hätte er aufräumen und alles Überflüssige entsorgen wollen an diesem letzten Tag des Jahres, bereit sein wollen für Neues, als wäre an einem ersten Januar jemals ein vielversprechender Anfang möglich gewesen. Zwei Tage später war sie ausgezogen. Es war armselig gewesen. Er war armselig gewesen. Kaum ein Wort hatte er herausbekommen, alle Schuld auf sich genommen, harmoniesüchtig, wie er war. Mit einem leisen *Tut mir leid* hatte er sich aus der Beziehung verabschiedet und auf Nachfrage, was genau ihm leidtue, ein *Alles* hinterhergeschoben. Dass sie Mutter geworden war, hatte er erst Jahre später erfahren. Ihr vermeintlich gemeinsamer Freundeskreis hatte sich damals in zwei Hälften geteilt, jeder ging dahin zurück, wo er hergekommen war. Er wusste noch, dass er erstaunt, eigentlich erschüttert gewesen war, wie wenig sichtbare Spuren eine zehnjährige Beziehung hinterließ. Inken hatte nicht einmal ihr Deo zurückgelassen. Sie verschwand aus seinem Leben, aus der gemeinsamen Wohnung, als wäre sie nur kurz und zufällig dort zu Gast gewesen.

Das ging schnell, sagte Jakob noch einmal und drehte den Kopf zu ihr hin.

Inken sah starr geradeaus, sie konnte ihn nicht anschauen.

Ich habe es nicht gewusst, sagte sie. Dass ich schwanger war. Ich hatte keine Ahnung. Es war gerade erst passiert.

Kanntest du ihn? Gut, meine ich?

Jakob wusste, dass er nicht der Vater sein konnte, er hatte damals schon seit Monaten auf dem Schlafsofa übernachtet. Aus Angst vor ihrem Körper, ihrer Sehnsucht, dem immer gleichen Schweigen. Er hatte sich innerlich längst aus dem Staub gemacht, ohne zu wissen, dass sie ihm wie immer weit voraus gewesen war.

Ja, sagte sie. Es ging schon ein paar Monate.

Du hattest also eine Affäre.

Inken nickte. Sie sah ihn an mit einem Blick, der um Verzeihung zu bitten schien.

Jakob ließ sich nach hinten fallen, streckte sich auf der Decke aus, er schloss die Augen, das Mittagslicht tauchte die Gedanken hinter seinen Lidern in flackerndes Orange. Es roch nach Pommes und Sonnencreme, und er musste lächeln. Was er fühlte, war eine einzige umfassende Befreiung. All die Jahre hatte er ein schlechtes Gewissen gehabt, sich Vorwürfe gemacht, und diese ganze elende Schuld, die er sich nur allein gegeben hatte, all das löste sich auf. Es war ein Lächeln, als würde er zum ersten Mal das Meer sehen.

Es tut mir leid, sagte Inken.

Das muss es nicht.

Jakob hatte lange nichts mehr so glücklich gemacht. Er blickte in den viel zu blauen Himmel, hörte das Zwitschern von Vögeln, ohne auch nur einen einzigen zu sehen. Noch besser wäre diese Erkenntnis vor zehn Jahren gewesen, aber sei's drum. Vielleicht hätte er dann nicht diese Erlösung empfunden.

Du bist gar nicht böse? Entsetzt? Verletzt?, fragte sie.

Nichts von alldem. Ich weiß auch nicht.

Wenn sie es nicht so hassen würde, würde er sich jetzt entschuldigen. Er setzte sich wieder auf und fragte, wer der Mann sei, denn das wollte er dann doch wissen, unbedingt sogar.

Oliver, sagte Inken.

Kenne ich den?

Mein Zahnarzt.

Jakob konnte sich nicht erinnern, wann er zuletzt so laut gelacht hatte. Die anderen Gäste sahen zu ihnen herüber, mit diesem trüben Neid, weil es woanders was zu lachen gab.

Du machst Witze. Dein Zahnarzt. Kein Mensch verliebt sich in seinen Zahnarzt.

Er ist sehr sanft.

Aber vor Zahnärzten hat man Angst, in die verliebt man sich nicht.

Hat man nicht vor allem Angst, was man liebt?

Ach, Inken.

Er trank einen Schluck vom Vinho Verde, der langsam begann, ihm zu schmecken. Dass er den nicht mochte, hatte er immer verpasst ihr zu sagen. Manches wurde in einer Beziehung zur Gewohnheit, obwohl man sich nie dafür entschieden hatte. Verschwiegenheiten und Lügen, beides schliff sich ein, bis man glauben konnte, die gesamte Konstruktion sei verfault. Dann kochte man gemeinsam, erzählte sich Geschichten vom Tag, sprach über Politik und Kultur, es war, als hätte man Schimmel im Haus und würde nur die Wände neu streichen.

Jetzt verstehe ich endlich, warum du so oft beim Zahnarzt warst, sagte er. Alle paar Wochen bist du da hin, das hat mir Respekt eingeflößt.

Das war wegen meiner Parodontose.

Und hast du die noch?

Ja, ist chronisch.

Wie praktisch.

Sie lachte und meinte, er solle sich vielleicht auch eine zulegen.

Habe ich längst, sagte er, aber mein Zahnarzt ist ein alter Iraner.

Inken wollte wissen, ob da wirklich niemand sei in seinem Leben. Was er nur verneinen konnte.

Freunde, natürlich, die habe er, allen voran seine gute alte Ellen. Die sei da, immer schon da gewesen. Er wisse auch gar nicht, was er ohne sie machen würde. Trotzdem sei es einer seiner größten Irrtümer gewesen, zu denken, er komme ohne feste Beziehung durchs Leben. Vielleicht hatte er das lediglich gehofft. Aber zu niemandem zu gehören, das war, als blickte man auf einen Kompass ohne Nadel. Es war schwierig loszugehen, wenn niemals jemand vorausging und niemand jemals sagte: Jetzt geh.

Ihre Umarmung war ungelenk, wegen der fehlenden Kleidung und weil sie für derart schutzlose Umarmungen noch nicht wieder bereit waren oder nie wieder bereit sein würden. Jakob spürte die Haare an seinem Arm sich aufstellen und war fast erleichtert, als er über sich eine fremde Stimme hörte, die fragte, wer er sei.

Vor ihnen schüttelte Eugen seine nassen blonden Haare aus. Nichts an ihm erinnerte ihn an Inken. Vor Jakob stand ein vollkommen fremder Junge.

Jakob, sagte sie und ließ ihn endlich los. Einer meiner besten und ältesten Freunde.

Der Junge blickte ihn skeptisch an und sagte leise, unhörbar fast seinen Namen.

Eugen hockte sich neben ihn und warf sich eine Olive in den Mund. Es war das erste Mal, dass Jakob ein Kind sah, das glücklich eine mit Anchovis gefüllte Olive lutschte.

Ob er seinen Sprung gesehen habe, wollte er wissen, und Jakob beglückwünschte ihn dazu. Das habe er sich in dem Alter nicht getraut, sagte er.

Ja, die Kinder sind heutzutage weiter, meinte Eugen. Kannst du denn überhaupt springen?

Nein, sagte Inken.

Ja, sagte Jakob und stand auf.

Den Zehner traust du dich eh nicht, wusste Eugen.

Stimmt, sagte er. Mir reicht der Fünfer.

Inken sah ihm nach, seinem Gang, der inzwischen mehr schleppend als lässig war. Seinem breiten Rücken, von dem sie lange geglaubt hatte, er könnte sie durchs Leben tragen.

Tu es nicht!, rief sie ihm hinterher, doch er wollte sie schon nicht mehr hören.

Jakob watete durch eine Horde Kinder und stellte sich am Sprungturm an. Es war wohl fünfunddreißig Jahre her, dass er zuletzt das Schwingen eines Sprungbretts unter sich gespürt hatte, die Aufregung, die Vorfreude, und in all diesen Jahren war die Angst gewachsen. Wir sterben alle als Feiglinge, dachte er und richtete seine Wirbelsäule auf. Noch zwanzig Sommer, Jakob!

Sein Körper wippte am Ende des Brettes. Nur einen Schritt noch, dachte er, einfach fallen lassen, nichts tun, um Gottes willen nicht drehen, nicht mit dem Bauch zuerst aufkommen. Nicht nach unten, niemals nach unten schauen. Und er sprang, hinein in die Herrlichkeit des freien Falls. Jakob spürte sein Gesicht flattern, und er lächelte, während er fiel. Er lächelte, als sein Körper den Schwerpunkt verlor und sich in der Luft zu drehen begann. Erst als er ins Wasser schoss, den Kopf voran, da schloss er die Augen und betete.

Am Beckenrand stand Inken, sah seinen Körper orientierungslos durchs Wasser paddeln. Sie streckte eine Hand nach ihm aus, dabei hätte er sie lieber applaudieren sehen.

Alles in Ordnung?, fragte sie.

Alles wunderbar, sagte er, lehnte seinen Kopf an die Kacheln und atmete tief durch.

Deine Lippe blutet.

Ja, ich habe den Boden geküsst.

Sein gesamter Mund schmerzte, die Lippen, die Zähne, sogar das Zahnfleisch.

Inken meinte, er solle aus dem Wasser kommen, dann werde sie es sich ansehen. Er war sich nicht sicher, ob er das wollte. Mit der Zunge tastete er seinen Mund ab, die Innenseite der Oberlippe war eingeschnitten, unten hatten sich die Zähne ins Fleisch geschlagen. Jakob hatte das ungute Gefühl, dass sie nicht mehr alle fest saßen, wie Milchzähne, bevor sie ausfielen.

Er stieg aus dem Wasser und schenkte Inken ein schüchternes, blutiges Lächeln. Auf der Decke saß Eugen, der ihn fassungslos anstarrte. Jakob schüttete Vinho Verde in seinen Becher und leerte ihn, ohne abzusetzen.

Lass mich gucken, sagte Inken. Nun mach mal den Mund auf.

*

Er sah aus wie ein Zahnarzt, roch wie ein Zahnarzt, trug das Poloshirt eines Zahnarztes.

Jakob blickte in Olivers Gesicht, das sich über ihn gebeugt hatte. Erstaunlich reine Haut, dachte er. Ein Gesicht ganz ohne Makel. Frisch rasiert und zu viel Aftershave. Sie beide verband das Größte, was zwei Männer miteinander verbinden konnte: Sie hatten sich in dieselbe Frau verliebt, der eine früher, der andere später. Davon abgesehen verband sie, soweit Jakob das auf den ersten Blick erkennen konnte, rein gar nichts.

Oliver klopfte sanft an Jakobs Zahn, untersuchte ihn mit der Sonde, bevor er ihn sich mit einem Spiegel von der Rückseite ansah.

Da ist nichts zu retten, erklärte er und sprach von einem ungünstigen Bruch, nur einen knappen Millimeter unterhalb vom Zahnfleisch, auf ganzer Linie angeknackst. Er sagte, er müsse den Zahn entfernen, vollständig. Sie würden später einen Termin ausmachen für ein Implantat, das sei alles gar kein Problem, versprach er, aber der alte Rest müsse sofort heraus. Er spritzte Betäubungsmittel in Jakobs Zahnfleisch und verließ den Raum.

Draußen hörte er ihn leise mit Inken sprechen, und es tat Jakob gut, dass sie in der Nähe war, dass er nicht allein war an diesem Tag, auch wenn er genau das am Morgen noch hatte sein wollen. Er fühlte, wie der Schmerz nachließ, wie jegliches Gefühl aus seinem Mund verschwand.

Mit einer Assistentin kehrte Oliver zurück, Jakob sah sie nur kurz an und schloss die Augen. Er wollte all die Instrumente, die Zangen, Pinzetten, Skalpelle nicht sehen. Sie legte den Absauger in seinen weit geöffneten Mund.

Du wirst nichts spüren, behauptete Oliver, als verstünde er etwas von diesem Thema. Aber Jakob spürte sehr wohl etwas, etwas, das er erst für Angst vor dem Zahnarzt hielt, das sich dann aber als Abschiedsschmerz zu erkennen gab, und in Abschieden war er nie gut gewesen. Nur ein Zahn, versuchte er sich zu sagen, viel besser als ein Bein oder eine Niere.

Er spürte ein Kratzen an der Wurzel und meinte, sie zögen ihm das Dasein selbst aus dem Kiefer.

Hier liege ich an meinem fünfzigsten Geburtstag auf einem Zahnarztstuhl und lasse mir vom Mann meiner Ex-Freundin die kümmerlichen Reste meines Schneidezahns entfernen. Hätte er gekonnt, hätte er gelacht. Es war so erbärmlich alles.

Der Absauger wurde ausgeschaltet, das Dröhnen in seinem Kopf ebbte ab. Oliver nickte ihm fachmännisch zu, warf seine Handschuhe in den Mülleimer und verließ den Raum, den nun Inken leise betrat. Hilflos lächelte Jakob sie an mit tauben Lippen.

Jetzt bist du noch schöner, sagte sie. Die Zahnlücke verleiht dir etwas Verwegenes. Du siehst aus wie einer, der sich ins Leben stürzt. Es war ihm, aus rein körperlichen Gründen, nicht möglich, ihr zu widersprechen. Ob sie ihm ein Taxi rufen solle, fragte sie, und Jakob hob stumm den Daumen. Nach Hause zu fahren und sich selbst zu bemitleiden, das hielt er für eine gute Aussicht. Vielleicht konnte er Ellen einladen und ihr an dem ganzen Schlamassel die Schuld geben. Es war sogar noch Champagner da, sie könnten anstoßen auf seinen großen Sprung, den sie leider verpasst hatte.

Jakob wankte vom Stuhl, und Inken begleitete ihn nach unten, drückte seine Hand, wie sie wahrscheinlich die Hand ihres Sohnes drücken würde, liebevoll, aber fernab jeder verliebten Magie.

Er solle Bescheid sagen, wenn er noch etwas brauche, sagte sie. Sie sei erreichbar.

Über das Kopfsteinpflaster rollte sein Taxi heran, die Straße lag wie ausgestorben in der späten Mittagshitze. Als Inken ihren Arm hob, um dem Fahrer zu winken, roch er für einen

Moment ihren Schweiß. Unter all den Schichten, die ein neues Leben mit sich brachte, war ihr Geruch der alte geblieben.

Ein kleiner, stinkender Trost, dachte Jakob.

Das Taxi hielt vor ihnen, und aus dem Eingang des Nachbarhauses lief ein Mann direkt auf den Wagen zu, öffnete die Tür, saß schon fast auf der Rückbank, als Inken dazwischensprang. Das sei ihr Taxi, sagte sie. Sie hätten es bestellt. Der Mann blickte sie nur fragend an und sah aus, als interessierte ihn das nicht sonderlich, als hätte eine derart spießige Kategorie für ihn in seiner Eile keine Bedeutung.

Sie sehen ja, meinem Freund hier geht es nicht gut, setzte sie nach und zeigte auf Jakob.

Der Mann warf einen flüchtigen Blick auf ihn.

Ich sehe nichts, sagte er.

Doch er stieg nicht ein, blieb stehen in der geöffneten Wagentür und blickte Jakob noch einmal an. Sie sahen einander ins Gesicht und konnten es nicht glauben.

Jakob?, sagte der Mann, wobei er den Kopf schief legte und sich ein wenig vorbeugte, als hätte er es mit einem Schwachsinnigen zu tun.

Jakob hatte Hunderte von Worten im Kopf, er hatte sich dieses Wiedersehen so oft vorgestellt, dass es ganze ungeschriebene Drehbücher dazu gab. In keinem aber kam die Tatsache vor, dass er nicht würde sprechen können, dass er mit lahmer Zunge und tauben Lippen dastehen würde, und das Einzige, was er von sich geben könnte, wäre ein verzweifeltes *Orgg*.

GEORG

Sie stiegen am Lausitzer Platz aus dem Taxi, das sie mitten hineingefahren hatte in ihre gemeinsame Vergangenheit. Für Jakob war es keine Option gewesen, sich dagegen zu wehren, denn wenn man sich nach zweiundzwanzig Jahren wiedersah, sagte man nicht *Nein*, man sagte auch nicht *Später* oder *Morgen*. Er hatte inzwischen gelernt, dass es Gelegenheiten gab, die sich weder aufschieben noch wiederholen ließen, er begann zu verstehen, dass das Leben in seinen besten Momenten eine einmalige Chance war.

Damals war der Platz eine Müllhalde gewesen, jetzt war er eine autofreie Spielzone, mit Tischtennisplatten und Blumenbeeten, Girlanden und Sitzecken, Himmel und Hölle auf dem Asphalt.

Wahnsinn, sagte Georg. Ich erkenne nichts wieder.

Ungläubig sah er Jakob an, der weiterhin nur glücklich nicken konnte. Was war das für ein Tag?, fragte er sich. Wo kamen sie plötzlich alle her? Er war fast geneigt, an Fügung zu glauben.

Eine Stunde etwa, hatte Inken zu Georg gesagt, dann kann

er wieder sprechen. Solange müsse Georg leider mit sich selbst reden.

Was ihm nicht sonderlich schwerfiel. Georg redete und redete, er presste das Schweigen aus, das ein halbes Leben lang über ihnen gelegen hatte. Als redete er nur, um nichts zu sagen. Wo er lebte, was er machte, ob er glücklich war, ob er Jakob jemals verziehen hatte – kein Wort dazu, stattdessen kommentierte er alles, was er sah und was er jedem anderen hätte erzählen können, nur nicht Jakob, der hier schließlich lebte, noch immer. Ein paar Straßen weiter zwar, aber was machte das schon. Jakob hatte Kreuzberg nie verlassen, hatte es nicht einmal vorgehabt.

Viel Erfolg! Das waren Georgs letzte Worte gewesen, mit einem schwarzen Edding geschrieben auf ein Stück Pappe. Das Einzige, was er in ihrer gemeinsamen Wohnung zurückgelassen hatte. Jakob war eines Abends nach Hause gekommen und hatte sie exakt halb leer vorgefunden. Jeden seiner Teller, jeden seiner Löffel hatte Georg mitgenommen, jede Notiz am Kühlschrank entfernt. *Viel Erfolg!* So viel Verachtung in zwei so gewöhnlichen Worten.

Sie standen mitten auf der Spielstraße, und Georg ließ den Blick schweifen. Mit seiner gebräunten Haut, in flatternder Stoffhose, ausgewaschenem T-Shirt und Flip-Flops sah er aus, als hätte er sich von einem fernen Strand hierher verirrt. In ihrer alten Videothek wurden jetzt Kaffeebohnen geröstet, in das Internetcafé war eine Eisdiele eingezogen, vor der sich ergraute Väter mit verhaltensauffälligen Kindern langweilten.

Ich fasse es nicht, rief Georg und zeigte auf das danebenliegende Lokal. Hier war doch dieser Italiener, wo wir immer Spaghetti aglio e olio gegessen haben, weil es das Einzige war, was man da essen konnte. Weißt du noch, wie wir zu dem albanischen Besitzer gesagt haben, du musst die Tropfsteinhöhle von der Decke kloppen und die Plastikstühle rauswerfen, dann werden sie dir die Bude einrennen. Der hat uns ausgelacht und gesagt, in dieser Gegend sei einfach nichts zu holen, und ist nach Charlottenburg gegangen. Und jetzt schau dir das an! Keine Tropfsteinhöhle mehr, kein einziger Platz mehr frei! Der arme Kerl, der hat so gar kein Gespür gehabt.

Jakob hörte Georgs erschütterndes Lachen. Bei einem Mann seiner Größe, fast zwei Meter, und seiner Statur, sicher an die hundert Kilo, war das Lachen ein Beben. Und es war so hemmungslos, wie Jakob es aus jener Nacht erinnerte, in der sie zuletzt miteinander gelacht hatten. Zweiundzwanzig Jahre war das her.

Insgeheim hatte er darauf gewartet, dass sie sich wiedersehen würden, doch je mehr Zeit vergangen war, desto weniger war er darauf vorbereitet gewesen. Er wusste nicht, was er jetzt hätte sagen, womit er hätte beginnen sollen.

Innerhalb einer Sekunde war Georgs Lachen damals erstickt. Es war in einer Totenstille verschwunden, in der Jakob ihn nicht hatte besuchen dürfen, niemand hatte ihn in den ersten Tagen besuchen dürfen. Georg war gefallen. Ein Unfall, ein Unglück. Niemand konnte etwas dafür, das hatten sie Jakob alle gesagt, nachdem auf der Party die Musik ausgegangen war und die Sanitäter endlich angekommen waren. Die Gastgeber hatten es ihm noch Wochen später gesagt, nur geglaubt hatte er es nie. Es war Jakobs eigene verfluchte Idee gewesen, aus dem Fenster hinaus auf das Baugerüst zu steigen. Seine Idee, einen Joint zu rauchen und sich unter den für jene Nacht angekündigten Perseiden-Schauer zu legen. Ganz allein seine unsinnige Idee, dass Wünsche wahr werden konnten, und eine Tragödie, dass Georg all seine Ideen liebte, damals zumindest. In dieser Augustnacht hatten sie auf die Sternschnuppen über Berlin gewartet, und als Jakob die erste erblickte, hatte er den Arm hochgerissen, und Georg hatte sie ebenfalls sehen wollen.

Jetzt ging er Jakob voraus, sein Körper durchtrainiert, breites Kreuz, kurze, akkurat geschnittene und immer noch rotblonde Haare. Als hätte der Sturz keine Spuren hinterlassen. Georg sah aus wie ein Mann in den besten Jahren, und Jakob fragte sich, wann seine eigenen eigentlich gewesen waren. Vermutlich dachte er in diesem Moment nicht, dass ihm die besten Jahre noch bevorstünden, obwohl das zweifelsfrei ein schöner Gedanke gewesen wäre.

Georg stieß die Tür zu ihrer alten Markthalle auf. Ein trübes, dunkles Loch war das damals gewesen, doch was er jetzt erblickte, verschlug ihm die Sprache. Stumm standen die beiden nebeneinander, Jakob fuhr mit der Zunge seine Zähne ab und blieb in der Lücke hängen.

Hier hat doch außer Aldi früher gar nichts geleuchtet, sagte Georg und sah auf die vielen kleinen Lampen, die an den neu gebauten Ständen hingen und ein so zartes Licht verströmten, dass er sich fühlte wie auf einem Weihnachtsmarkt, also nicht gut, genauer gesagt: angewidert. Er begann durch die Reihen zu gehen. Georg lachte wieder, ungläubig diesmal. Wer braucht denn Dry Aged Rind? Und wo war ihr alter Schlachter geblieben? Der, bei dem sie früher Gelbwurst gekauft hatten und sonst gar nichts? Ob es so was überhaupt noch gebe? Er denke oft daran, an die Gelbwurst, sie gehöre zu den wenigen Dingen, die er an Deutschland vermisse.

Langsam öffnete Jakob die Lippen, und zu hören war ein trockenes, geflüstertes: *Entschuldigung*. Sein allererstes Wort, und die Betäubungsstunde war noch nicht einmal vorbei. Georg war so überrascht, dass er kaum aufhören wollte, ihm auf die Schulter zu klopfen. Seine Begeisterung äußerte sich zudem in dem Wunsch, jetzt endlich ein gemeinsames Bier zu trinken. Ob es denn wenigstens das Kegler-Eck noch gebe, fragte er.

Jakob schüttelte den Kopf und nuschelte: Aber das Billard-Eck.

Hier sind wir zusammen nie gewesen, stellte Jakob fest, als sie auf den Barhockern saßen und zwei Biere bestellten.

Richtig, sagte Georg, hier war ich manchmal ohne dich. Es gibt so Orte, die taugen zum Verstecken, wenn man mal seine Ruhe haben will.

Sie sahen am Eingang die Rollatoren stehen, die Aschenbecher aus Glas auf den Tischen, den ausgeblichenen Filz auf dem Billardtisch. An der nikotingelben Wand neben den Toiletten einzelne Fotos von Stammgästen, mit schwarzen Bändern an den Bilderrahmen. Keine Musik, die anderen Gäste so stumm wie der Ausdruck in ihren Gesichtern. Es war eine der Kneipen, die morgens um zehn öffneten und abends um acht schlossen. Hierher kam niemand zum Feiern.

Berlin habe ihm manchmal Angst gemacht, sagte Georg. Wenn er hier saß, an diesem Tresen, sei ihm aufgefallen, dass in dieser Stadt viel mehr Menschen untergingen als anderswo. Als ob sie nur herkämen, um zu verschwinden, sich ins Grab zu saufen oder sonst wie ihre Existenz zu ruinieren.

Die Wirtin stellte ihnen das frisch gezapfte Bier auf den Tresen.

Na dann, sagte Georg und hob sein Glas. Herzlichen Glückwunsch! Auf deinen Fünfzigsten!

Mit einem verwunderten Lächeln bedankte sich Jakob. Er hatte keine Ahnung, woher Georg das mit dem Geburtstag wusste, ob er sich daran erinnert oder ob Inken es ihm zugeflüstert hatte. Sie stießen an, ein wenig unsicher, ob jetzt eine Umarmung angemessen wäre und wer damit anfangen sollte. Wenn zu viele Fragen auf einen zu kurzen Moment trafen, verstrich er in aller Regel ohne jedes Ereignis. Das war bei ihnen nicht anders.

Steht dir übrigens, sagte Georg und deutete auf die Lücke in Jakobs Gebiss. Damit passt du richtig gut hier rein. Man sieht es auch nur, wenn du lachst.

Endlich ein überzeugender Grund, darauf zu verzichten, sagte Jakob und nahm sich vor, von nun an nur noch mit geschlossenen Lippen zu lächeln, obwohl er insgeheim ein bisschen stolz war auf seine neue Lücke.

Georg warf einen wehmütigen Blick aus dem Fenster, hinaus auf den Platz, den er so anders in Erinnerung hatte.

Kann es sein, dass diese ganze Scheiße da draußen mit Leuten wie uns angefangen hat?, fragte Georg.

Wir waren Studenten.

Aber wir haben Film studiert. Wir wollten Glamour, wir wollten Erfolg. Du zumindest, Jakob. Reich und berühmt werden, das ganze unnötige Zeug.

Jakob blickte in sein Glas, nahm eine Zigarette aus seiner Schachtel und sagte leise, dass es ihm leidtue. Dass es nichts gebe, was er stärker bereue. Er habe damals nur nicht die Kraft gehabt, Nein zu sagen. Sie hätten ihn gefragt, Georg sei zu der Zeit nicht ansprechbar gewesen, und er habe gedacht, bevor es jemand anderes tue, mache er es lieber selbst. Das sei nicht richtig gewesen. Ein Fehler. Sehr schnell habe er das verstanden, aber trotzdem zu spät. Da habe er schon nicht mehr zurück gekonnt.

Zurück kann man immer, sagte Georg. Aber wer will das schon? Zurück fühlt sich auch dann wie die falsche Richtung an, wenn es die einzig richtige ist.

Zwei Wochen vor Drehbeginn war Georg gestürzt. Es sollte sein erster großer Film werden, der Film, mit dem er direkt nach seinem Studium die Kritiker und Zuschauer erobern würde, als Genie, nicht als Talent, als solches galt er längst. Das Projekt war in den Händen der begehrtesten Produzenten, die Schauspieler befanden sich bereits in der Kostümprobe, für die Motive liefen Genehmigungsverfahren beim Straßenverkehrsamt. Alles war vollständig finanziert, die Verträge lagen unterzeichnet in den Ordnern. Das Drehbuch war, wie man zu sagen pflegte, kurbelfertig.

Und dann fiel Georg, erst vom Gerüst, dann ins Koma. Man berief Krisentreffen ein, suchte nach Auswegen, erwog, das Projekt zu verschieben, doch niemand konnte sagen, ob Georg wieder aufwachen würde und was danach von seinem Talent noch übrig wäre. Schließlich taten sie das Naheliegende, sie fragten den ehemaligen Kommilitonen, besten Freund, Mitbewohner und noch dazu Co-Autor, ob er die Regie übernehmen wolle, und Jakob sagte Ja, ohne auch nur eine einzige Sekunde zu zögern. Der Film, der unverhofft zu seinem geworden war, lief weltweit auf den renommierten Festivals, gewann Preise, wurde einer der erfolgreichsten deutschen Filme jenes Jahres. Jakob war die große Überraschung. Und von Georg hörte man nie wieder etwas. Nur so viel: Er habe überlebt und Monate in einer Rehaklinik in den Alpen verbracht. Wo genau, hatte Jakob nie herausfinden können. Nicht nur Georg selbst, auch seine Familie hatte sich geweigert, mit ihm zu sprechen. Das ausgeräumte Zimmer und ein Stück beschriebene Pappe waren die einzigen Lebenszeichen, die Georg hinterlassen hatte.

Jakob sagte, er habe immer wieder versucht, ihn zu erreichen, doch die Telefonnummer war gesperrt, die E-Mails kamen zurück, schließlich habe er ihm in jeder Rede und jedem Interview gedankt, in der Hoffnung, dass er es hörte. Keine unbegründete Hoffnung, wie Georg jetzt bestätigte.

Trotzdem sei es Jakob gewesen, der den Erfolg gehabt habe, nicht er. Da habe Jakob noch so viele Reden schwingen können. Andererseits: Wer wolle schon Erfolg? Ihm müsse er damit jetzt nicht kommen, schon klar, Jakob habe ihn schließlich gehabt, aber für ihn selbst sei diese Art von Erfolg nicht das Richtige. Das habe er damals vielleicht noch nicht umfänglich verstanden, aber inzwischen wisse er das sehr genau. Die ständige Angst, zu versagen, zu enttäuschen, den Erwartungen nicht gerecht zu werden. Erfolg, der anhaltende, nicht der überraschende, entstehe überhaupt nur aus der Angst zu scheitern. Das sei nie sein Traum gewesen, sagte er.

Aber deiner war es, Jakob. Du hast es weniger raushängen lassen als andere, aber vom ersten Tag an wolltest du gewinnen. Und dafür bist du, wenn nicht über Leichen, doch zumindest über Halbtote gegangen, über einen zumindest.

Jakob betrachtete die Wirtin, wie sie mit ihren restlichen blondierten Haaren und von Altersflecken überzogenen Händen auf einem Hocker hinter dem Zapfhahn dämmerte. Man hätte sie für einen Teil der Einrichtung halten, ihr ein Trauerband über die Schulter legen können.

Es war kein Traum, sagte er, es war Notwehr. Er habe es allen zeigen wollen, vor allem seinem Vater, der immer nur gesagt habe, dass er nichts tauge. Ausgerechnet sein Vater, der nach und nach all seinen Ehrgeiz versoffen hatte. Es habe damals nur einen Menschen gegeben, der an ihn geglaubt habe, Anne, seine Sozialpädagogin, und die sei dafür bezahlt worden, an Leute wie ihn zu glauben. Ja, er habe den Erfolg gewollt, und zwar öffentlichen, sichtbaren Erfolg. Jakob wollte, dass der Vater den ungeliebten Sohn in seinem gottverdammten Fernseher sah.

Georg sah Jakob still beim Rauchen zu. Es hatte sich nichts geändert, noch immer brauchte Jakob eine Zigarette, um seine Gedanken zu Ende zu führen, als könnte er nur denken, wenn er rauchte. Früher hatte er dreißigmal sieben Minuten nachgedacht. Machte zweihundertzehn Minuten Gedanken am Tag. Das war, wie Georg fand, üppig. Heute war es offensichtlich weniger.

Aber Rache, sagte Jakob, sei keine lebenslange Motivation. Als sein dritter Film Premiere gehabt habe, sei er nicht einmal mehr hingegangen, habe sich krankschreiben lassen. Wie eine Maschine habe er sich irgendwann gefühlt, als ob es nur noch darum ginge, das Niveau zu halten, und zwar das der Zuschauerzahlen, nicht das der Filme. Er habe vergessen gehabt, warum er das alles eigentlich machte. Was irgendwann mal die Idee gewesen sei, das Ziel, das Wesentliche.

Hat denn dein Vater jemals reagiert?, wollte Georg wissen.

Ja, sagte Jakob. Einmal hat er angerufen und mir gratuliert. Und dann hat er mich gefragt, ob ich ihm Geld leihen könne.

Sie tranken stumm aus ihren Gläsern.

Weißt du, sagte Jakob. Ich weiß einfach nicht, was man macht, wie es weitergeht, wenn das Wichtigste im Leben nicht mehr das Wichtigste ist.

Er riss kleine Stücke von seinem Bierdeckel ab und schichtete sie zu einem Häufchen neben dem Aschenbecher.

Nicht gut, fand Georg, überhaupt nicht gut. Er hatte nicht erwartet, Jakob in so jämmerlicher Verfassung anzutreffen.

Was er noch weniger erwartet hatte, war die Tatsache, dass es ihm das Herz zerriss.

Und dein Privatleben?, fragte Georg knapp, und Jakob verstand nicht, was er meinte.

Das Wichtigste, Jakob, das ist bei manchen Menschen das Privatleben. Familie, Hobbys, solche Sachen.

Hobbys?

Was ist denn zum Beispiel mit Ellen?

Wie kommst du denn jetzt darauf?

Weil da schon jeder draufgekommen ist. Ihr wart eigentlich das perfekte Paar.

Wir waren Freunde, sind wir immer noch.

Ihr wart so albern, manchmal musstet ihr euch nur angucken und habt einen Lachkrampf bekommen. Witze, die außer euch beiden niemand verstanden hat, die übrigens auch keiner lustig fand.

Wir kennen uns halt gut.

Und du hast nie daran gedacht? An mehr?

Jakob drückte seine Zigarette aus und starrte einen Moment ins Leere.

Am Anfang mal. Als wir uns kennengelernt haben. Ja. Und später noch mal, ganz kurz, ist lange her. Aber Ellen, die hatte ja auch immer irgendwen.

Verwundert mich nicht. Wobei, wenn es bloß irgendwer ist, den man hat, dann ist man meistens besser allein.

Sie steht offenbar auf alte, verheiratete Männer.

Dann heiratet doch, schlug Georg vor.

Sehr witzig.

Irgendwann sollte man eh heiraten, je später, desto besser natürlich, wenn man weiß, worauf man sich einlässt, aber das macht dann alles leichter. Und wenn du mich fragst: So langsam ist es spät genug.

Klar. Rente, Pflege, Sterben, das ist schon gut dann.

Mit diesen Worten würde ich ihr das jetzt nicht unbedingt vorschlagen.

Jakob trank einen Schluck Bier, nickte sehr langsam und wechselte das Thema. Was nun eigentlich aus Georgs Leben geworden sei?

Endlich, sagte der. Ich hatte schon befürchtet, es würde wieder nur um dich gehen heute.

Georg erzählte, dass er in Thailand lebe, wo er am Andaman-Golf ein kleines Hotel betreibe, ein paar Bungalows nur. Seinem Mann gehöre die dazugehörige Tauchschule. Er selbst könne seit dem Unfall allenfalls noch schnorcheln.

In der Rehaklinik hatte er sich in einen Pfleger verliebt. Hätte er nicht so lange Zeit dortbleiben müssen und sich nicht so bitter verraten gefühlt, wäre dieses Klischee niemals eine ernsthafte Option gewesen.

Jakob bekam langsam den Eindruck, allein Krankheiten und Unfälle wären der Weg zum Glück oder, korrigierte er sich selbst, zumindest zu einer Liebesbeziehung. Das waren schließlich zwei verschiedene Dinge, zwei sehr verschiedene sogar. Aber einen Zusammenhang zwischen Krankheit und Liebe, den konnte er am heutigen Tag auf jeden Fall ausmachen.

Schwäche, sagte Georg, nicht Krankheit. Man verliebt sich

in andere, wenn sie Schwäche zeigen. Nicht zu viel, nicht so eine selbstmitleidige Schwäche, das geht natürlich gar nicht. Eher eine kleine kämpferische Verwundbarkeit, ja, das ist sexy.

Jakob sah auf und hatte den Eindruck, als würde sich zuerst ihr Schatten und dann die Wirtin selbst erheben. Sie lehnte sich zum Hahn herüber und zapfte ihnen ungefragt zwei neue Biere.

Affenhitze heute, sagte sie, als sie die Gläser vor ihnen abstellte.

Und das im September, fügte Jakob hinzu.

Ist mir egal, wann, aber diese Hitze, nee.

Mit einem Stöhnen, das auch ein Schimpfen hätte sein können, fiel sie zurück auf ihren Hocker, während Georg ihr noch ein Danke hinterherschickte.

Hast du dir damals eigentlich was gewünscht?, fragte Jakob.

Georg saugte die Schaumkrone seines Bieres weg, sah ihn an und schüttelte fragend den Kopf.

Du hast sie doch gesehen, die Sternschnuppe, oder?

Ja, Georg hatte sie gesehen, sehr, sehr lange. Er hatte sie sogar noch gesehen, als er aus dem Koma erwachte. Fast hätte er sich selbst wie eine gefühlt.

Und, fragte Jakob wieder, was hast du dir gewünscht?

Kann ich nicht sagen.

Hat es sich erfüllt?

Ja, gab Georg zu. Irgendwie schon. Aber anders.

Was hast du dir gewünscht?

Seit langer Zeit mal wieder hatte sich Jakob festgebissen in ein Gespräch, und Georg wusste, was das bedeutete. Er würde hier nicht rauskommen ohne eine Antwort. Jakob konnte noch genauso impertinent sein wie früher.

Sag schon.

Und Georg sagte: Einen Oscar.

Jakob nahm einen großen Schluck von seinem Bier, bevor er es schaffte, ihm ins Gesicht zu sehen.

Zu seiner Überraschung lächelte Georg. Es war ein seltsam wehmütiges Lächeln, und dann sagte er: Der Pfleger, der, in den ich mich verliebt habe, mein heutiger Ehemann, er heißt Oskar. Aber mit k.

Du machst Witze!

Die schlechtesten Witze macht immer noch das Leben.

Jakob lachte, mit geschlossenen Lippen jetzt, was seinem Lachen einen leicht verklemmten Ton verlieh.

Und was hast du dir gewünscht?, fragte Georg.

Nichts. Ich kam nicht dazu. Dein Sturz war schneller als mein Wunsch.

Er log, er log direkt in sein Bierglas, und Georg wusste das. Jakob war der schlechteste Lügner, den er je gesehen hatte. Man musste in solchen Fällen nur abwarten, nichts sagen, nicht fragen, einfach nur warten, bis Jakob mit seiner Lüge nicht mehr leben konnte. Georg blickte auf seine Uhr. Es dauerte exakt fünfundsechzig Sekunden.

Regie machen, sagte Jakob. Das war mein Wunsch.

Daran war, wie sie beide fanden, leider gar nichts komisch. Es bestätigte nur einmal mehr, dass das, was man sich am meisten wünschte, nicht das war, was man am meisten brauchte.

Ich habe es mir gewünscht, und in der nächsten Sekunde sah ich dich fallen.

Georg nahm sich eine von Jakobs Zigaretten, obwohl er schon seit zweiundzwanzig Jahren nicht mehr rauchte, zumindest keinen Tabak. Als hoffte er, so die Zeit zurückdrehen zu können. Von Jakob ließ er sich Feuer geben, nahm den ersten Zug, der miserabel schmeckte, und sagte: Du weißt schon, dass das Quatsch ist mit den Sternschnuppen, oder?

Jakob schloss die Augen, wischte mit der Hand über seine Lider und schluckte trocken, viermal nacheinander. Manchmal funktionierte es, manchmal ließen sich die Tränen hinunterschlucken. Aber eben nicht immer.

Er wisse auch nicht, was das sei, sagte Jakob. Immer wenn er Alkohol trinke, müsse er heulen. Das sei früher anders gewesen.

Die Wirtin schob ihm stumm eine Rolle Küchenpapier über den Tresen, bedruckt mit tanzenden Bären, er riss sich einen Streifen ab.

Das sind die Hormone, sagte Georg. Die Wechseljahre bei Männern werden konsequent unterschätzt, eigentlich komplett ignoriert. Als würden wir nicht auch leiden, sagte er. Mit jedem Tag verlieren wir mehr und mehr Testosteron, das geht nicht spurlos an uns vorbei. Einfach rauslassen, Jakob.

In enger Umarmung saßen sie auf den Hockern, Jakobs Oberkörper hörte nicht auf zu zittern, während Georg ihm beruhigend über die Schulter strich. Er hatte ihn noch nie weinen sehen. Zum Weinen waren sie damals zu jung gewesen.

Es vergingen Minuten, in denen Jakob nur schwer verstand, was in seinem Inneren zusammengefallen war, wo all die Trümmer plötzlich herkamen, dazu ein Gefühl, für das er kein anderes Wort fand als: Einsamkeit. Es hatte in seinem Leben nur einen besten Freund gegeben, nach Georg war keiner mehr gekommen. Nur Frauen.

Er sei eben ein Frauentyp, meinte Georg.

Das sei von Anfang an so gewesen, meinte Jakob ganz ernsthaft. Schon im Kindergarten habe er eine Freundin gehabt, nur eine einzige, während die Jungs allesamt nichts mit ihm zu tun haben wollten. Diese eine Freundin aber sei unglaublich gewesen, er wisse gar nicht, wie er die frühen Jahre ohne sie hätte überstehen sollen. Wenn die anderen ihn hänselten, und das taten sie oft, dann habe sie einfach zugebissen, manchmal auch nur gespuckt. Wie ein Wachhund sei sie gewesen.

War man bei der Kindheit angekommen, dachte Georg, war es Zeit zu gehen. So hatte er es immer gehalten. Erzählte man ihm traurige Geschichten aus Kindertagen, ergriff er die Flucht. Georg glaubte nicht an frühe Verheerungen. Er hielt die Kindheit schlichtweg für überschätzt.

Ich lade dich ein, sagte er, bezahlte und zog Jakob vor die Tür, hinein in den längsten und wärmsten Sommer, den diese Stadt je erlebt hatte.

Georg war eigentlich nur deshalb aus Thailand gekommen, um das Haus seiner Eltern aufzulösen. Eltern, die Jakob noch kannte aus einer Zeit, in der sie kaum älter gewesen waren als jetzt er selbst, und die nun im Pflegeheim lebten, gezeichnet von Parkinson und Alzheimer und leider immer noch zusammen, wie Georg meinte.

Sie schlenderten über den Platz, auf dem das Leben mit seiner angeblichen Freude protzte. Als gäbe es auf der Welt nichts als Kinder, Grauburgunder und Cappuccino und alles könnte immer so weitergehen.

Georg wandte dem Ganzen den Rücken zu und sah an der sandgelben Hausfassade hoch. Im vierten Stock war ihre Wohnung gewesen, ohne Balkon zwar, aber es gab eine Luke zum Dach, die sie mit einem Steckschlüssel aus dem Baumarkt hatten öffnen können.

Jakob folgte Georgs Blicken und stellte fest, dass man sich ein Haus nie von außen ansah, solange man darin wohnte. Wahrscheinlich war es mit allem so, je vertrauter das Innere war, desto weniger Beachtung schenkte man der Fassade.

Mein Fenster steht offen, sagte Georg.

Zwei nebeneinanderliegende Zimmer waren es gewesen, dazwischen eine Flügeltür, durch die man alles hörte. Bad und Küche lagen nach hinten raus.

Immer noch die rote Haustür, sagte Georg. Ochsenblutrot, und so wie er es sagte, klang es nach einer exklusiven Weinsorte. Er ging auf den Eingang zu, las die Namen auf dem Klingelschild, und bevor Jakob auch nur einen Gedanken an Widerspruch hätte verschwenden können, hatte Georg die Klingel oben links schon gedrückt. Kurz darauf ertönte der Summer. Georg meinte, sie würden offensichtlich erwartet, und verbot sich jeden Protest.

Das Treppenhaus war nicht mehr sandgelb, sondern sonnengelb überstrichen, was vermutlich Glücksgefühle auslösen sollte. In der ersten Etage lag dieselbe Fußmatte vor der Tür wie damals, Jamaikaflagge auf Kokosfaser, die Farben nur noch zu erahnen.

Stachi!, rief Georg. Sag nicht, der wohnt hier noch?!

Ich will es gar nicht wissen, sagte Jakob und schob ihn weiter die Treppe hinauf. Wann immer man Stachi traf, einen vor fünfundzwanzig Jahren schon kahlköpfigen und ständig benebelten Programmierer, war man endlosen Monologen über den Untergang der Welt ausgeliefert.

Aber recht hatte er, sagte Georg. Die ganzen Lotzis mit ihren Jutetaschen und Lammfellpuschen, den ganzen Tag Yogi-Tee auf dem Herd und Rettet-die-Wälder-Plakate an der Wand, die hatten alle recht.

Georg sprang die Treppen nach oben, Jakob schleppte sich hinterher.

Ich könnte nie wieder in einen vierten Stock ziehen, dachte er.

Oben war die Tür offen, ein Kind schrie, ein anderes weinte, eine Frauenstimme sagte, dass es jetzt auch mal gut sei. Wäre es nach Jakob gegangen, wären sie auf der Stelle umgekehrt, doch es näherten sich schon eilige Schritte, und eine gerade noch junge Frau in einem fleckigen Wickelkleid stand ihnen fragend gegenüber. Sie erwarte die Biokiste, wie sie sagte. Dass sie die nicht brachten, war offensichtlich. Sie hätten unten im Spätkauf zumindest eine Flasche Sekt kaufen können, dachte Jakob. Doch als aus Georgs altem Zimmer einer im gebügelten Oberhemd herauskam, sich das Headset vom Kopf riss und gereizt fragte, was hier los sei, während im Hintergrund die Kinder kreischten, war klar, dass auch eine Kiste Dom Pérignon nicht geholfen hätte. In ihrer alten Wohngemeinschaft trieb eine vierköpfige Familie dem Zerfall entgegen, und sosehr sich Jakob auch bemühte, es ließ sich in ihm kein Mitleid wecken.

Für so einen Kitsch haben wir keine Zeit, sagte die Frau und knallte vor ihnen die Tür zu.

Komisch, meinte Georg, er sei sicher gewesen, dass die Wohnung ein gutes Karma habe. Er habe damals gedacht, das sei ein Ort, an dem man niemals unglücklich sein könnte.

Es gibt Menschen, die können überall unglücklich sein, sagte Jakob, wobei unklar blieb, ob es sich dabei um eine Selbsterkenntnis handelte. Außerdem habe Georg das gute Karma in einer seiner Kisten mit hinausgetragen.

Schade, sagte Georg. Er hätte gern noch mal in ihrer alten Küche gesessen.

Schade, sagte er noch einmal, und als er schon die erste Stufe nach unten nahm, hielt ihn Jakob an der Schulter fest und zeigte ihm den kleinen Steckschlüssel an seinem Schlüsselbund. Wie er gelernt hatte, ließen sich damit sogar die Toilettenfenster in Regionalzügen öffnen, falls man mal eine rauchen wollte. Georg konnte es kaum glauben, aber er verstand, was für ein sentimentaler Typ Jakob schon immer gewesen war.

Wofür er nun von Georg einen Kuss auf seinen Kopf bekam, eine Geste, mit der man Kinder beruhigte oder kranke, geliebte Menschen verabschiedete. Überraschenderweise machte es Jakob nichts aus.

Vielleicht war er jetzt doch dankbar für jeden Kuss, den er in seinem Alter noch kriegen konnte. Hoffentlich war er das, insgeheim hatte es ihm gefehlt, auch wenn er das nie zugegeben oder gar um einen Kuss gebeten hätte.

Georg nahm zwei Stufen auf einmal, und als Jakob oben ankam, musste er kurz durchatmen, bevor er sich nach oben streckte, um mit seinem Steckschlüssel die Schraube zu lösen. Schwer und knarzend fiel die Dachluke nach unten, sie zogen die eingeklappte Leiter aus und fühlten diese diebische Freude, die einen kitzelte, wenn man etwas tat, was ein kleines bisschen verboten war. Sie nickten einander zu, bevor sie die morschen Sprossen hochstiegen und den Himmel über Kreuzberg erklommen.

Wie damals breitete Georg die Arme aus, als er auf dem Dach stand, während Jakob sich fallen ließ, um den wenigen weißen Wolken nachzublicken. Keiner von ihnen sagte ein Wort, und vielleicht lag es daran, dass sie beide das Gefühl hatten, sie wären nicht zu zweit hier oben, sondern zu viert. Als würde ihr fünfundzwanzigjähriges Ich neben ihnen noch jubeln, während sie selbst erschöpft in die Sonne blinzelten.

Jakob zündete sich eine Zigarette an, und Georg setzte sich neben ihn. Zahllose Tage und noch viel mehr Nächte hatten sie hier oben ausklingen lassen, in ihren Dickies-Hosen und Trainingsjacken, immer ein allerletztes Bier in der Hand. Schweigend sahen sie über die U-Bahn-Trasse, die Moschee und die Kirche und die Häuserschluchten, über die Dächer hin bis zum Fernsehturm. Von hier oben sah es aus, als hätte sich nichts geändert. Alles wirkte wie früher, als sie gerade nach

Berlin gekommen waren und das Gefühl hatten, dass hier und jetzt ihr Leben begann. Es hatte keinerlei Zweifel gegeben, dass dieses Leben ein großes, wildes, die Welt umarmendes Leben sein würde.

Wir waren so glücklich, sagte Jakob.

Aber Georg meinte, sie seien vor allem ahnungslos gewesen und zudem jeden Abend betrunken. Ein Zustand, den man sehr leicht mit dem Glücklichsein verwechseln könne.

Nein, sagte Jakob, es war mehr. Es war diese Euphorie des Anfangs. Nie wieder habe ich mich so gefühlt. Als wären mir danach die Anfänge und die Versprechen ausgegangen.

Er klang wie ein frustrierter Romantiker, und wenn man ehrlich war, klangen die Menschen hierzulande mit fünfzig alle so. Vielleicht war es das Alter, in dem man am wenigsten Zuversicht hatte, in dem man damit beschäftigt war, nicht unterzugehen, und für etwas anderes blieb keine Kraft.

Jakob solle es nicht persönlich nehmen, sagte Georg. Es liege weder an ihm noch an seinem Alter, nicht ausschließlich. Es seien damals die Neunzigerjahre zu Ende gegangen, eine fantastische Zeit, die man erst jetzt zu schätzen lerne und die spätestens mit 9/11 ihr Ende gefunden habe. Danach sei es vorbei gewesen mit dem leuchtenden Optimismus. Eigentlich, sagte Georg, befinde sich die Welt seitdem im Kampf.

Alles zerfiel.

Während sie auf ihrem alten Dach saßen, wurde Jakob klar, dass es nicht nur der bevorstehende Geburtstag gewesen war, der ihm den letzten Rest an Leichtigkeit genommen hatte, sondern die Zeit als solche. Und dass die Generationen nach ihnen diese Leichtigkeit vielleicht nie kennenlernen würden. Es erschien wie eine wahrhaft große Erkenntnis, und er legte seine Hand auf Georgs Schulter.

Was für ein Glück wir hatten, sagte er, gerade eben noch so. Das fällt mir tatsächlich zum ersten Mal auf.

Eben, sagte Georg. Um Verluste trauern kann nur, wer mal etwas besessen hat.

Jakob ließ seinen Blick über das Dach schweifen.

Ich hatte hier oben sogar mal Sex, sagte er. Im Sommer 2000 muss das gewesen sein. Ich glaube, sie fand den Ausblick besser als mich, soll ja vorkommen. Wenn ich mich recht erinnere, war Vollmond.

Dir ist nicht zu helfen, lachte Georg.

Er legte den Arm um die Schultern seines Freundes, und wäre es nach Jakob gegangen, hätten sie bis in die Ewigkeit so sitzen bleiben können. Hätte ihn jetzt der Schlag getroffen, wäre das in Ordnung gewesen, ganz und gar in Ordnung. In diesem Moment hielt er sich für einen überaus zufriedenen Mann. Welch ein erstaunlicher Gedanke.

Georg sah ihn an und nickte nur, wissend, wie Jakob glaubte. Doch bevor er etwas sagen konnte, fragte Georg, ob es das Kino eigentlich noch gebe.

Nee, das Kino ist tot, sagte Jakob und klang fast erleichtert.

Ich meine unser Kino, das kleine da drüben.

Mit seinem Arm zeigte er in Richtung der neu eröffneten Kinderboutique an der Ecke.

Keine Ahnung, gab Jakob zu.

Aber du wohnst doch noch hier?

Ich war lange nicht mehr im Kino.

Was für ein Regisseur! Besessen von Leidenschaft, stellte Georg fest, bevor er aufstand und Jakob seine Hand reichte. Komm, sagte er. Wir schauen nach.

Mit einem kleinen wehmütigen Seufzen erhob er sich und sagte: Du bist der Romantiker, nicht ich.

Ich bin nur Tourist in einem alten Leben.

Und damit war Georg durch die Luke nach unten verschwunden, und Jakob warf einen letzten Blick über die zeitlosen Konturen seiner Stadt.

Rückwärts stieg er die Stufen hinab, klappte die Leiter hinter sich hoch, drückte mit angemessenem Schwung die Metallklappe nach oben, und schrie auf. Der Rest des Schmerzes ging in seinem Fluchen unter.

Georg nahm ihn zur Seite, drückte die Luke zu, bevor er Jakobs gequetschten Finger ansah.

Man sieht nichts, stellte er fest.

Kommt noch, sagte Jakob.

Nun, es tut mir leid, dir das sagen zu müssen, aber jedes Kapitel im Leben hinterlässt seine Wunden.

ANNE

Das Kino, das damals einen Achtzigerjahrecharme verströmt hatte, der an die eigene Kindheit denken ließ, lag unverändert da, im Erdgeschoss eines trüben Wohnhauses, an dessen Fassade nun Transparente gegen den Verkauf protestierten. Im Foyer aufgestellt eine Filmspule, an den Wänden Plakate von Jim Jarmusch und an der Kasse eine Popcornmaschine, die schon antik wirkte. Der Charme aber, der war verschwunden, es sah jetzt nur noch heruntergekommen aus, und das war eine Atmosphäre, in der sich Jakob immer noch zu Hause fühlte.

Außerdem verkündeten herumliegende Flyer die Jarmusch-Tage, vier Vorführungen am Tag, Filme, die Jakob mitsprechen konnte. Mit Jarmuschs frühen Werken hatte er das Träumen begonnen. Dreckig, billig und echt. Solche Filme hatte er machen wollen und war doch beim Gegenteil gelandet. Wenn er jetzt dachte, dass es früher oder später allen Künstlern so erging, dann korrigierte er sich sogleich wieder, weil er es vermessen fand, sich selbst zu den Künstlern zu zählen.

Georg kam mit einer Tüte Popcorn aus der Lobby zurück, hielt sie ihm grinsend unter die Nase. Es duftete nicht einmal, war kalt und pappig, dennoch machte das Popcorn Jakob glücklich. So war es mit der Nostalgie, für die einen ein salzig-nussiger Genuss, für die anderen ein ranziges Gefühl im Mund.

Sollen wir reingehen?, fragte er.

Außer ihnen stand kein Mensch vorm Kino, nur eine Frau mit Sonnenbrille und grauen Locken, in Wanderschuhen und Cargohose, die an der Kasse gerade ihre Karte bekam. Auf dem Rücken trug sie einen abgewetzten Schweizer-Armee-Rucksack, der Jakob so vertraut war, dass es schmerzte. Eine Vergangenheit mehr, dachte er, an diesem Tag, der ihn nur so durch die Zeiten schoss. Erst als Georg mit einer Hand vor seinen Augen wedelte, tauchte er aus den Erinnerungen auf.

Neuerdings sehe ich ständig Menschen von früher, sagte Jakob. Als ob die Zeit sich auflöst. Überall Bilder aus einem fast vergessenen Leben, es wird langsam unheimlich.

Kenne ich, sagte Georg. In Thailand ist es dasselbe, da checkt regelmäßig die Vergangenheit bei mir im Hotel ein.

Menschen, die er seit dreißig Jahren nicht gesehen habe, stünden vor ihm und fragten nach einer Hütte. Manche keinen Tag gealtert, optisch dieselben wie damals.

Und die, die ich wirklich kenne, erkenne ich nicht wieder.

Die Frau wandte den Kopf zu ihnen um, nahm langsam ihre Brille ab und blickte Jakob unverwandt an. Ihr Gesicht war von feinen Falten durchzogen, sie wirkte schmal, fast zerbrechlich, doch als sie lächelte, gab es keinen Zweifel mehr. Er wäre am liebsten in ihre Arme geflogen, war aber wie gelähmt. Sie kam ihm entgegen, wie sie es immer getan hatte, und umarmte ihn so fest, dass Jakob der Atem stockte.

Er stellte sie Georg vor. Die Frau, die ihn gerettet hatte.

Damals, als er sechzehn Jahre alt gewesen war und ohne jeden Halt. Oft hatte er davon gesprochen, dass er Anne sein Leben verdankte, nur ihr selbst hatte er es nie gesagt.

Wollen Sie auch ins Kino?, fragte Georg.

Sie können meine Karte haben, schlug Anne vor. Ich habe es mir gerade anders überlegt.

Die beiden lächelten sich verstohlen an, wie zwei, die eine heimliche Affäre hatten und dabei das Geheimnis mehr liebten als einander.

Georg, der seit einer Ewigkeit nicht mehr im Kino gewesen war, weil es im Paradies kein Kino brauchte, nickte Jakob zu und sagte, man sehe sich später. Sagte es mit einer Selbstverständlichkeit, als teilten sie immer noch die Wohnung und ihre Träume, und damit verschwand er winkend im Saal, während Anne sich bei Jakob unterhakte und ihn ein paar Meter mit sich zog. Komm, sagte sie, begleite mich ein Stück.

Wie selbstverständlich sprach sie diesen Satz aus, den er früher so oft von ihr gehört und den seitdem niemand mehr zu ihm gesagt hatte.

Ich muss etwas abholen, gleich um die Ecke.

Sie drückte seine Hand, wie sie es damals in Bremen oft getan hatte, als Jakob jeden Tag in ihr Jugendzentrum gekommen war und Monate gebrauchte hatte, um mehr von sich zu erzählen als nur seinen Namen. Nach dem Tod seiner Mutter, allein mit dem Vater, der auf dem Sofa saß und Wodka kippte, war er ins Schweigen gefallen, und Anne war die Einzige gewesen, die seinem Schweigen zugehört hatte. Als sie jetzt wieder seine Hand drückte, zuckte er zusammen, dieses Mal nicht der Erinnerung wegen – schuld war allein der physische Schmerz. Sein Daumen hatte begonnen, sich blau zu verfärben, die Kuppe glich einer Trockenpflaume.

Das sieht nicht gut aus. Anne besah die Quetschung von allen Seiten.

In der Dachluke geklemmt, sagte Jakob.

Du und deine Dächer. Sie lachte. Die Welt am liebsten von oben sehen. So warst du früher schon. Ich hatte immer Angst um dich. Liebst die Höhe, aber bist einer der ungeschicktesten Menschen, die ich kenne. Fällst ständig über deine eigenen Füße.

Jakob vergaß, dass er sich vorgenommen hatte, nur noch mit geschlossenen Lippen zu lächeln. Als sie die Zahnlücke erblickte, sagte sie nur: Ich will es gar nicht wissen.

Ein frischer Verlust.

Na dann: Herzlichen Glückwunsch, Jakob.

Eigentlich halte sie den fünfzigsten Geburtstag für einen erstklassigen Tag, um sich von allen möglichen Dingen zu verabschieden, Zähne zähle sie allerdings nicht dazu.

Woher sie von seinem Geburtstag wisse, fragte er.

Geburtstagskalender, behauptete Anne. Hängt seit Jahrzehnten in meinem Flur.

Sie sah ihm lange ins Gesicht, als betrachtete sie jede seiner Falten und die darin eingeschriebene Erschöpfung, bevor sie sagte: Du siehst aus, als hättest du dich mit dem Leben persönlich geprügelt.

Von Anne hatte er gelernt, damals, das Unwahrscheinliche für möglich zu halten. Und noch etwas hatte sie ihm beigebracht, etwas, das er später ebenfalls fast wieder verlernt, zumindest nahezu vergessen hatte: dass das Schlechte Platz machte für das Schöne. Was du erlebt hast, wird immer ein Teil von dir sein, hatte sie ihm erklärt, aber wenn er von nun an so viel Schönes erlebe, wie es ihm nur möglich sei, dann müsse das Dunkle und Schwere in seinem Kopf zusammenrücken, um Platz für die neuen Erinnerungen zu schaffen. Er könne auch eine Therapie beginnen und jahrelang sein Leiden ausbuchstabieren, sie aber würde ihm eher Schönheit verordnen, und zwar in rauen Mengen.

Jakob war sich nicht sicher gewesen, ob sie das zu all den anderen, die auf der Flucht vor ihrer Familie waren, auch sagte oder ob es speziell ihm galt. Am nächsten Tag aber waren sie gemeinsam ins Kino gegangen und von da an jede Woche. Sie sahen Klassiker, die Nouvelle Vague, das amerikanische Autorenkino, die europäischen Arthouse-Filme, und Jakob wusste plötzlich und ohne jeden Zweifel, dass er Filme machen wollte. Sie fuhren mit dem Kajak die Weser entlang, besuchten Jazzkonzerte in verrauchten Kneipen, gingen in Kunstaustellungen, fuhren mit dem Cabrio ihres damaligen Freundes an die Nordseeküste, wo sie am Steg saßen, Krabben pulten, selig schwiegen und wo Jakob verstand, dass sie ihm das Einzige geschenkt hatte, was er wirklich brauchte: ein Ziel.

Anne sah auf ihr Telefon und meinte, sie müssten vorn rechts abbiegen und dann immer geradeaus. Jakob fragte nicht, wo es hinging, das hatte er nie getan, war Anne stets gefolgt und hatte insgeheim die trügerische Hoffnung gehegt, es gebe mehr Menschen von ihrer Sorte.

Er kannte diese Straßen, war sie wieder und wieder entlanggelaufen, das österreichische Edelrestaurant an der Ecke, direkt gegenüber dem Discounter, auf dessen Parkplatz sich nach Ladenschluss die Skater trafen. Ehemals graue Wohnhäuser mit vom Krieg gezeichneten Fassaden, die jetzt in Pastellfarben leuchteten und hinter denen Ferienapartments lagen, die im Winter leer standen, weil niemand freiwillig einen Winter in Berlin verbrachte und dafür auch noch zahlte. Wenn er jetzt mit Anne durch diese Straßen ging, konnte er plötzlich eine Faszination für jeden Stein aufbringen, in dieser Gegend, die ihm sonst bloß noch zum Hals raushing, schien plötzlich alles zu leuchten.

Sie sei jetzt häufiger in Berlin, sagte sie, ihr Mann lebe hier, in einer Wohnung mit Dachterrasse.

Anne, die niemand zu fassen kriegte, hatte geheiratet. Auf ihre Art natürlich, sie führte eine Fernehe.

Vor zwei Jahren, erzählte sie. An meinem siebzigsten Geburtstag habe ich nachgegeben. Nach zwei Scheidungen und drei Kindern hat sich meine erste Liebe plötzlich an mich erinnert, stand einfach vor der Tür. So ist das, wenn man alt wird. Sie lachte ihr verrauchtes Lachen, das in ein Husten hinüberstolperte. Man verliebt sich nur noch in die, die man schon kennt. Ein Gefühl, als würde man mit seiner eigenen Jugend im Bett liegen. Kreise schließen sich, Jakob. Und niemals hätte ich gedacht, dass mir das mal gefallen könnte. Also mach dir keine Sorgen, die beste Zeit des Lebens kommt noch. Vielleicht beginnt sie ja heute.

Er erinnerte sich an dieses Heute, schon damals hatte Anne davon gesprochen. Sie war, ganz im Gegensatz zu ihm, ein Heute-Typ. Konnte an jedem Tag alles, sogar das Glück für möglich halten.

Wir müssten gleich da sein, sagte sie und blickte wieder auf ihr Telefon. In dreihundert Metern, Hinterhof.

Und dann fragte sie, wie es denn so laufe bei ihm.

Als wäre das eine normale Frage nach dreißig Jahren. Andererseits war es das. Eine übliche, unschuldige Frage. Ob man sich zwei Monate oder drei Jahrzehnte nicht gesehen hatte, was spielte das für eine Rolle.

Zu seinem ersten Film hatte er ihr noch eine Premierenkarte geschickt und erst Wochen später eine Antwort erhalten, ein Glückwunsch auf einer griechischen Postkarte, mit dem Postskriptum *War segeln.*

Ich habe seit über zwei Jahren nichts mehr gedreht, sagte er, nicht mal eine Vorabendserie. Der Markt ist verunsichert, heißt es. Aber in Wahrheit ist es so, dass mir niemand mehr etwas anbietet. Wenn du mit fünfzig nicht ganz oben bist, gehst du unter, so ist es wohl. Inzwischen machen auch noch die Schauspieler alle Regie. Die schreiben Bücher, die gründen Bands. Die walzen alles platt mit ihrem Ego.

Du magst keine Schauspieler?

Doch, aber nur vor der Kamera.

Vielleicht bist du bloß im falschen Genre gelandet.

Wie sich herausstellte, hatte sie alle seine Filme gesehen, und zum ersten Mal schämte Jakob sich wirklich dafür, schließlich hatte sie mindestens so viel von ihm erwartet wie er von sich selbst, zumindest glaubte er das. In diesem Moment fragte er sich, ob er sich danach nicht sehnte: jemandem zu zeigen, dass er kämpfen und gewinnen konnte. Was nutzten all die kleinen, manchmal sogar großen Siege, wenn niemand applaudierte, zumindest niemand, den er schätzte.

Sie bogen in den Hinterhof ein, der aussah wie ein eigenes Viertel. Es waren drei Höfe aneinander, keinen einzigen davon hatte er je gesehen. Schilder hingen an den Türen, Aufsteller standen im Weg, warben für Tanz- und Yogastudios, daneben ein Kampfsportzentrum, eine Druckerei und ein Kindergarten.

Im zweiten Hof stand ein alter Doppeldeckerbus, der Kaffee, Brötchen und Flaschenbier aus der benachbarten Brauerei verkaufte. Auf den Holzbänken saßen die ersten Gäste in der späten Nachmittagssonne. Alles daran fand Anne fantastisch. Hier, versteckt in einem unsanierten zweiten Hinterhof, war es also noch möglich, sich in Berlin zu verlieben. Er konnte sich gut erinnern an diese erfüllenden Momente, er hatte sie damals selbst erlebt.

Sie stiegen hinauf in den ersten Stock des dritten Quergebäudes, an der Metalltür klebte ein kleines handgeschriebenes Schild: *Foto Braune*. Anne klingelte, zupfte an ihren Locken und wischte sich mit dem Ärmel ihrer Bluse das verschwitzte Gesicht trocken.

Ein Summer ertönte, und Jakob drückte die Tür auf. Auf der Schwelle blieb er stehen, geblendet von dem, was vor ihm lag.

Es war ein etwa fünfzig Quadratmeter großer Raum, an dessen Wänden Baumarktregale standen, darin Dutzende analoge Kameras. Fotokameras aus dem vergangenen Jahrhundert, Super-8-Kameras und Projektoren, in der Ecke einige Videokameras, die hier beinahe futuristisch wirkten, sogar einen Betamax-Rekorder sah er. Vor den Fenstern ein Schreibtisch voller Schraubenzieher und Klebeladen, an dem eine Frau in seinem Alter saß, die ihre Lesebrille zur Seite legte und sie begrüßte wie vergessene Bekannte.

Anne hieß hier nicht Anne, sondern *die Nikon R10*. Eine famose Kamera, an der gar nicht viel zu machen gewesen sei, sagte die Frau und holte die Nikon aus der Transporttasche, die unter ihrem Schreibtisch stand.

Jakob stockte der Atem. Da war sie, die erste Kamera, die er jemals in der Hand gehalten hatte. Seine Welt hatte er durch ihren Sucher gesehen, das Leben war ihm durch diesen winzigen Bildausschnitt kleiner und größer zugleich erschienen. Es hatte eine Magie bekommen, die ihm alles erträglich werden ließ. Wenn er das knatternde Geräusch der Filmrolle an seinem Ohr hörte, wurde alles zu Material, und damit konnte er umgehen. Er konnte die Perspektive wählen, konnte es schneiden und überblenden, konnte es beherrschen. Und es war Anne gewesen, die die Nikon R10 aus dem Lagerraum des Jugendzentrums geholt und ihm in die Hand gedrückt hatte. Jetzt tat sie es mit genau derselben beiläufigen Art.

Jakob hatte das drängende Bedürfnis, das kleine Gerät zu küssen, und wäre er allein im Raum gewesen, hätte er es getan. So blieb es bei einem vorsichtigen Streicheln.

Den Film darin konnte ich retten, hörte er die Frau sagen. Sie klang stolz, sogar glücklich, als sie das sagte. So wie sie aussah, war sie das auch. Stolz und glücklich in ihrem kleinen Laden, in den sich ausschließlich Nostalgiker verirrten. Sie war sicher eine der Letzten, die für ihre drollige Leidenschaft hier noch einen Mietvertrag erhalten hatten.

Wenn Sie wollen, können Sie ihn direkt anschauen. Wir haben hinten einen kleinen Vorführraum.

Annes Begeisterung war nicht zu überhören, wohingegen Jakob verstummte und sich ängstlich fragte, ob er es gewesen war, der den Film in der Kamera vergessen hatte, und wenn ja, was sie gleich zu sehen bekämen. Das eigene Material war das Intimste, was er hatte, das verjährte nicht, im Gegenteil, je weiter es zurücklag, desto intimer wurde es. Es war das rohe Ich und ungeschnitten etwas, das er mit niemandem zu teilen in der Lage war, nicht einmal mit Anne. Andererseits hatte Jakob niemals einen Film in einer Kamera vergessen, es erschien ihm unvorstellbar.

Sie folgten der Frau zu ein paar durchgescheuerten Sesseln am anderen Ende, die in Richtung einer nackten weißen Wand zeigten.

Setzt euch, sagte sie und steckte die winzige Filmspule in den Projektor, der hinter ihnen auf einer Leiter stand.

Was soll's, dachte Jakob. Der Film konnte nicht von ihm sein, und er hatte ewig keine Super-8-Vorführung mehr erlebt.

Er wusste nicht einmal, dass es noch Menschen gab, die solche Filme entwickelten. Mit einem schweren schwarzen Moltonvorhang teilte die Frau den Raum und ließ sie allein. Es war nur noch das zarte Rattern des Projektors zu hören, die ersten schwarzen Spritzer wurden auf die Wand geworfen, diese nie zu vermeidenden Fussel, die jedem Super-8-Streifen etwas liebenswert Beschädigtes gaben, etwas, das man inzwischen *authentisch* nannte.

Nach den ersten Sekunden war klar, dass es nicht sein Film war, denn Jakob war der Erste, der im Bild auftauchte. Was ihn in diesem Moment allerdings kaum beruhigte. Er hatte nicht die geringste Erinnerung an diese Aufnahme, nie hätte er sich freiwillig vor eine Kamera gestellt. Das tat er bis heute nicht. Er spürte Annes Blick auf sich, auf dem jungen Gesicht dort auf der weißen Wand, auf dem alten, neben ihr im Sessel schwitzend.

Jakob sah sich selbst die Straße runterkommen, auf dem Rücken den Rucksack, den Anne noch heute trug. Damals hatte sie ihm genau so einen geschenkt, für seine Reise, die nicht weiter, aber deutlich länger und beschwerlicher gewesen war, als er geplant hatte, und die noch immer nicht vorbei war. Er ging direkt auf die Kamera zu, wobei sein Blick etwas oder jemanden fixierte, das oder der links hinter der Kamera stand. Er sah sein Lächeln, das wie eine Entschuldigung wirkte und doch die Freude nicht verbergen konnte.

Lange hatte Jakob nicht an diesen Tag gedacht, kurz nach dem Abitur, sein neunzehnter Geburtstag. Das Geld hatte noch nicht gereicht für eine Fahrt in die weite Welt, deshalb ging es nach Berlin, und das war ihm Anfang genug gewesen.

Seine Schritte wurden langsamer, von links kam Anne ins Bild, mit dem Rücken zur Kamera, ihr Gesicht blieb im Dunkeln. Sie standen sich gegenüber, Jakob sah sie beide nicken, eine Andeutung nur, dann aber breitete Anne ihre Arme aus, eine Umarmung, in die er regelrecht hineinfiel, mit dem Gewicht seines Rucksacks, das ihn nach vorn drückte.

Jakob rutschte tiefer in den durchgescheuerten Sessel und wusste genau, was er gefühlt hatte in jenem Moment: einen euphorischen Schmerz, wie ihn nur die ersten großen Abschiede innehaben. Wenn man etwas hinter sich ließ, um etwas Neues zu beginnen. Je älter man wurde, desto rarer wurden solche Abschiede, sie enthielten keine Versprechen mehr, waren bloß noch Verluste.

Er sah sein junges Gesicht sepiafarben an diese Kreuzberger Wand projiziert, und er vermisste den, der er einmal gewesen war. Was ihn an diesem Gesicht wirklich überraschte, war die Tatsache, dass es schön war. Er war ein attraktiver Mann gewesen, das hatte er nie gewusst.

Sie ließen einander los, Anne strich ihm mit der Hand noch kurz über die Wange. Anfang vierzig war sie damals gewesen, unverheiratet und kinderlos. Sie brauche keine eigenen, hatte sie gesagt, sie habe doch ein ganzes Haus voller Kinder. Er war in ihrem Leben nur eines von Hunderten gewesen, das hatte er gedacht, sie hatte Kinder wie andere Leute Projekte, doch als sie sich umdrehte und die Kamera zum ersten Mal ihr Gesicht zeigte, sah er dort Tränen, grobkörnige Tränen. Sie hob ihre Hand, um sich vor dem fremden Blick zu schützen, das Objektiv zu verdecken, und als das Bild wieder frei war, sah er nur noch sich und seinen Rucksack. Er ging die Straße in Richtung Bahnhof hinunter, ohne sich noch einmal umzudrehen. Jakob sah sich verschwinden, endgültig, wie er in jenem Moment geglaubt hatte.

Die Filmspule ratterte noch im Projektor, dann war die Wand vor ihnen wieder nichts als eine Wand. Er spürte das Pochen in seinem gequetschten Daumen, im Zahnfleisch ein stechendes Ziehen. Sie sahen auf die weiße Fläche, als wäre es ein Fenster mit Ausblick.

Da bist du losgezogen, um Filmemacher zu werden, aber die Kamera, die hast du dagelassen.

Sie sah ihn nicht an, schüttelte nur leicht den Kopf.

Sie gehörte mir nicht, sagte Jakob.

Es war trotzdem deine. Nach dir wollten eh alle nur noch VHS.

Und jetzt war es Jakob, der den Kopf schüttelte. Ob sie denn wisse, wer das gefilmt habe, fragte er. Wer der Letzte gewesen sei, der die Kamera benutzt habe.

Keine Ahnung, sagte Anne. Es gibt so viele, an die ich mich nicht erinnere. So viele, die ich sofort vergessen habe, wenn sie abends nach Hause gingen.

Sie lächelte, tapfer, wie es Jakob schien.

Es war ihm zu wünschen, dass er endlich verstand, wie besonders er für Anne gewesen war, dass sie ihn auf ihre Art geliebt hatte und er in Wahrheit nicht ohne Mutter groß geworden war. Manche hatten das große Glück, im Leben mehr als eine Mutter zu finden. Jakob war zu beneiden, hoffentlich verstand er das.

Hast du eigentlich Kinder?, fragte sie. Irgendwo?

Er musste lächeln über das *Irgendwo,* als könnte er einer sein, der sich verstreute.

Nein, sagte er, ich hab's vermasselt.

Ansichtssache, meinte Anne. Vielleicht hättest du's mit einem Kind genauso vermasselt, vielleicht wäre das sogar schlimmer gewesen. Du hast doch nie von einer Familie geträumt. Als ich dich kennenlernte, wusstest du nicht mal, was das ist, Familie. Dein Vater interessierte sich nur noch für Schnaps und junge Frauen. Du hattest nicht mal Freunde, Jakob, du hast alle weggestoßen, man konnte dich nicht mal in den Arm nehmen.

O doch, widersprach er. Das haben wir doch gerade gesehen. Man konnte mich wunderbar in den Arm nehmen.

Ja, zum Abschied. Nur bevor du weggehst, kann man das. Wenn du denkst, es ist das erste und letzte Mal.

Ich habe mich gebessert, sagte er leise. Und ich habe Angst vor Abschieden bekommen.

Anne fächelte sich Luft zu. Dieser Sommer sei eine einzige Zumutung. In ihrem Alter geradezu mörderisch. Sie lächelte Jakob an und fragte unvermittelt nach Ellen, was eigentlich aus der geworden sei.

Er hatte keine Ahnung, wie sie jetzt auf Ellen kam, er wusste nicht einmal, woher sie ihren Namen kannte.

Du hast damals von ihr erzählt, sagte sie. In deinen E-Mails.

Daran hatte Jakob seit einer Ewigkeit nicht mehr gedacht. Sie hatten einander eine Zeit lang geschrieben, als man noch E-Mails schrieb wie Briefe, sich abends hinsetzte, ein Glas Wein trank, ganze Seiten tippte und ausufernd erzählte, wie es einem ging. Er wusste nicht mehr, wann genau das aufgehört hatte und warum, es war einfach so verebbt, und niemand schien es zu vermissen. Zumindest so lange nicht, bis man sich daran wieder erinnerte.

Ja, sagte er. Ellen gibt es noch. Heute Morgen hat sie mir Torte und Champagner vorbeigebracht. Ohne sie wäre ich gar nicht vor die Tür gegangen.

Erinnerst du dich, wie wir einmal zusammen Silvester gefeiert haben? Wir haben unsere Wünsche auf die Raketen geschrieben, und ich weiß, ich hätte es nicht lesen dürfen, aber weißt du, was auf deiner stand?

Jakob sah sie an und blieb stumm.

Freiheit.

Es war das Alter, in dem sein Hang zum Pathos noch ungebremst gewesen war.

Aber am Ende fehlt Menschen wie uns der Halt, sagte Anne. Das ist immer die Gefahr, man hat keinen Halt und ist nichts weiter als man selbst. Das ist auch kein Spaß.

Hast du deswegen geheiratet?

Nein, wegen der Rente, also wegen seiner. Ich bin jetzt über siebzig, so langsam brauche ich Sicherheiten. Anne lachte ihr hustendes Lachen. Na ja, sagte sie, und ein bisschen Liebe auch. Das kann nicht schaden, nur so ein bisschen, Jakob.

Mit einem lauten Rattern wurde der schwarze Moltonvorhang zur Seite gerissen. Die Frau strahlte sie an und fragte, ob sie den Ausflug genossen hätten.

Es ist doch immer schön, in die Vergangenheit einzutauchen, nicht wahr?

Sie wollte keine Antwort hören, denn sie war eine Freundin, eine Apologetin der Vergangenheit.

*

Das Kreuzberger Engelbecken war ein Ort, der dem Himmel nicht ferner hätte sein können. Früher war es Grenzgebiet gewesen, nach der Wende eine entseelte Brache, später eine aufwendig gepflegte, am Ende dieses Sommers allerdings verbrannte und karge Grünfläche, über der ein verstörender Geruch von Jasmin lag. Er liebte diesen Ort, der nicht in die Stadt passte und sich trotzdem so furchtlos behauptete. Auf dem Teich sprühten Fontänen müde ihr Wasser in die Dämmerung, neben Jakob auf der Bank stand die Kameratasche aus Lederimitat. Glücklicher hätte er kaum sein können.

Zum Geburtstag, hatte Anne gesagt und ihm im Hinterhof seinen vergessenen Traum geschenkt, dazu fünf kleine originalverpackte Super-8-Filmrollen.

Behutsam nahm Jakob die erste aus der gelben Verpackung und roch daran.

Und? Noch frisch?, fragte Anne.

Ich glaube, ich war damals abhängig davon, sagte Jakob.

Er hielt sich die Filmrolle unter die Nase und atmete tief ein.

Da ist irgendetwas drin, das süchtig macht.

Bilder, meinte Anne.

Nein, Chemie. Da werden Endorphine freigesetzt, Dopamin, was weiß ich. Der Duft, der kitzelt im Hirn.

Er verstand nun plötzlich nicht mehr, wie er darauf jemals hatte verzichten können. Für Anne, die ebenfalls tief einatmete, war es nichts als der Gestank der Siebzigerjahre. Man konnte von Glück reden, dass nicht alle dieselben Süchte hatten.

Jakob nahm gierig noch zwei tiefe Züge, bevor er sich dazu durchrang, den Film in die Kamera einzulegen. Mit routinierten Bewegungen fädelte er den schmalen Filmstreifen ein, seine Hände schienen ein Gedächtnis zu haben, das keinen Tag gealtert war, lediglich seine Finger waren etwas dicker. Als er den Deckel schloss, sah er hinauf zum Himmel und sagte: Das Licht geht weg.

Er blickte durch den Sucher, die Welt schrumpfte auf einen winzigen Bildausschnitt zusammen und wurde ihm wieder vertraut. So und vielleicht nur so fühlte Jakob sich geschützt, er schwenkte auf Annes Gesicht und erlaubte sich, es unverwandt zu betrachten. Ihre Augen waren das Einzige, was sich nicht verändert hatte. Regungslos saß sie ihm gegenüber und schaute direkt in das Objektiv. Mit der linken Hand startete Jakob die Kamera, deren mechanisches Surren ihm wie eine Siegeshymne erschien.

Anne erhob sich, breitete die Arme aus, legte sie um einen Partner, der einzig in ihrer Vorstellung existierte, und begann mit kleinen, unsicheren Schritten vor der Bank zu tanzen. Ihre Bewegungen wurden eleganter und offener, sie drehte sich um die eigene Achse, ihre Hand an einer unsichtbaren Hüfte; sie übernahm die Führung und blickte dabei direkt in die Kamera. Es war der erste Walzer seines Lebens, und er tanzte ihn im Sitzen.

Jakob wusste, dass es dieses Bild war, das er für immer von Anne in Erinnerung behalten würde, und dass es nicht seine Entscheidung war, sondern ihre. Tanzend in der Abenddämmerung am Engelbecken, das wollte sie für den Rest des Lebens für ihn sein – eine Einladung zum Tanz.

Es gab nur eine Kleinigkeit, die nicht hineinpasste und die ihm jetzt erst auffiel: Im Hintergrund, am linken Bildrand, sah er zwei Männer stehen. Er sah das Geld in der Hand des einen, die kleinen durchsichtigen Beutel mit der Ware in der Hand des anderen. Hinter der Kamera schloss Jakob kurz die Augen, und als er sie wieder öffnete, sah er den einen davonlaufen und den zweiten auf sich zu. Im Vordergrund tanzte Anne längst in einer anderen Welt, sie hörte nicht einmal die Schritte in ihrem Rücken. Jakob hielt immer weiter drauf, die Kamera surrte, und er schloss seine Hand fester um sie. Dann wurde das Bild schwarz, schwarz wie ein verwaschenes T-Shirt über einem ausgemergelten Oberkörper, bevor es kräftig zu wackeln begann. Eine Faust schlug in sein Gesicht, ein zweiter Schlag traf die Kamera, an der Jakob sich verzweifelt festklammerte. Er würde sie nicht hergeben, nie wieder, da konnte jemand noch so oft brüllen: Kamera her!

Er würde sie niemals wieder loslassen.

Ein weiterer Schlag traf ihn. Es fühlte sich an, als würde sein Augapfel nach innen gedrückt. Vielleicht würde er blind werden, dachte Jakob, das wäre typisch für ihn, endlich seine Kamera zurück und dann gleich blind. Aber er hatte noch ein zweites Auge, und mit dem sah er Anne, wie sie sich mit ausgestrecktem Arm näherte. Er wehrte sich mit seinen Füßen, trat dem anderen mit der Hacke gegen das Schienbein und wunderte sich über den grellen Schrei, den er kurz darauf hörte. Auch Anne zuckte zusammen, sah mit überraschtem Blick auf das Pfefferspray in ihrer Hand, das sie seit Jahren mit sich herumtrug, ohne es je benutzt zu haben.

Der Kerl hielt sich die Hände vors Gesicht, taumelnd und fluchend, und Jakob warf sich Annes Rucksack über die Schulter, griff nach ihrem Arm. Sie rannten am Teich vorbei zur Straße, rannten, so schnell sie konnten, und als sie am Horizont ein Taxi sahen, begannen sie zu winken wie Ertrinkende. Ohne jede Eile rollte es in ihre Richtung, und als es endlich vor ihnen hielt, rissen sie die hinteren Türen auf und sprangen auf die Rückbank.

Fahren Sie!, rief Anne, doch die Frau am Steuer drehte sich beleidigend langsam zu ihnen um und meinte, das Leben sei kein Actionfilm, eine Adresse brauche sie schon.

Nach Hause. Maybachufer, sagte Jakob schwer atmend und mit tränenden Augen.

Die Fahrerin schenkte ihm noch einen fragenden Blick, bevor der Wagen mit Tempo dreißig durch die verkehrsberuhigte Zone in Richtung Westen schlich.

Vielleicht sollten wir zur Polizei, meinte Anne. Immerhin wurden wir überfallen. Aus ihrem Rucksack holte sie eine kleine Packung Feuchttücher, die sie Jakob reichte.

Es ist mein Geburtstag, und den feiere ich sicher nicht mit Polizisten, sagte er, nahm sich einen ganzen Ballen Tücher, den er über seine gereizten Augen legte.

Ich wusste gar nicht, dass du feierst, sagte sie, während Jakob sich das Gesicht kräftig abrieb und dabei immer wieder vor Schmerz zusammenzuckte.

Im Inneren, Anne. Tief in mir drinnen zelebriere ich die beste Party meines Lebens. Mit Hackbällchen und Wunderkerzen.

Da habe ich eine bessere Idee. Wenn es ums Feiern geht, solltest du mir einfach vertrauen.

Sie beugte sich vor, nannte der Fahrerin ein neues Ziel und war mit sich ganz und gar zufrieden. Neben ihr versuchte Jakob nicht einmal zu protestieren, er hatte sich endgültig ergeben, der Lauf der Dinge schien ihn inzwischen sogar zu erheitern, er grinste mit geschlossenen Lippen und einem zuschwellenden Auge.

Letztes Sonnenlicht blendete sie, als sie am Kottbusser Tor entlangfuhren.

Als ich fünfzig wurde, meinte Anne plötzlich, habe ich keine Richtung mehr gekannt. Da, wo ich war, wollte ich nicht bleiben, aber wo ich stattdessen hinwollte, ist mir auch nicht klar gewesen. Alles schien noch einmal möglich zu sein, gleichzeitig fehlte mir die Energie, auch nur das Kleinste zu ändern. Ein Tiefpunkt, lachte sie, aber zumindest einer mit Potenzial.

Man könne tatsächlich noch einmal etwas beginnen.

Sie blickten schweigend aus den Fenstern, sahen nichts als

Baustellen und Chaos, und Anne sagte: Rückblickend ist das mit Abstand meine Lieblingskrise gewesen.

Das Taxi bog auf den Platz ein, der bereits im Dunkeln lag, und die Fahrerin fragte, wo genau sie hinwollten.

Da vorn links, sagte Anne. Anil heißt das Lokal.

Ein Name, den Jakob schon einmal gehört hatte, der ihm auf eine, wie er jetzt dachte, zärtliche Art vertraut erschien, obwohl er niemals dort gewesen war.

Die Marktstände in der Mitte des Platzes wurden zusammengepackt, vor dem arabischen Café standen Shishas, die verloren auf ihre Kunden warteten, ein paar Mädchen spielten Basketball unter einem Korb ohne Spielfeld. Der Sommer neigte sich erschöpft dem Ende zu, und das Taxi hielt vor einem leeren Restaurant.

Jakob stieg aus, weder an den Tischen draußen noch drinnen sah er einen einzigen Menschen sitzen. Offenbar wusste Anne, wie er am liebsten feierte. Er hielt ihr die Tür des Wagens auf, und als sie neben ihm stand, sagte er: Du wusstest, dass wir uns heute treffen würden, oder?

Sie strich ihm über das Gesicht, über das geschwollene Auge und die noch immer schmerzende Lippe, und sagte: Es gibt keine Zufälle, Jakob.

NEELA

Auf der Herrentoilette roch es nach Rosen. Die Wände waren dunkelrot gestrichen, das Licht kaum mehr als ein gelber Schimmer, Räucherstäbchen glommen über dem Waschbecken. Ein Duft wie bei ihm zu Hause. Auch wenn Jakob sich daran kaum noch erinnerte, als wäre es ein Leben her, dass er seine Wohnung verlassen hatte. Sein Gesicht im Spiegel schien das zu bestätigen. Es war ihm unerklärlich, wie alle mit ihm umgehen konnten, als wäre diese Fresse normal. Er sah aus wie einer, der alles verloren hatte, allem voran die Kontrolle. Mit eiskaltem Wasser wusch er seine Augen, seine Haut, richtete sich das Haar, das trocken vom Chlor war. Dieser Tag war noch nicht fertig mit ihm, so viel hatte er inzwischen verstanden.

Er durchquerte das leere Restaurant, in dem alles aus buntem Plastik zu sein schien, die niedrigen Tische mitsamt den Blumen darauf, die kleinen Hocker, die Fläschchen für das Chiliöl, selbst die Buddhastatue in der Ecke. Es erinnerte ihn an das beste indische Restaurant, in dem er je gegessen hatte und das sich zu seiner Überraschung nicht in Indien befunden hatte, sondern in Kyoto, wo er, wie er manchmal glaubte, die schönsten drei Wochen seines Lebens verbracht hatte. Beim Rausgehen nickte Jakob der Kellnerin zu, die am Tresen der offenen Küche lehnte und ihn erschrocken ansah. Endlich ein Mann zum Fürchten, dachte er und musste lächeln.

Er lächelte noch, als er sich draußen zu Anne an einen der schiefen Tische setzte. Ob es da drinnen erheiternd gewesen sei, wollte sie wissen, und das konnte er nur bejahen, sein Gesicht sei ein einziger Scherz.

Sie schlug vor, zumindest das Auge zu kühlen.

Stattdessen zündete er sich eine Zigarette an, lehnte den Kopf zurück und nahm einen tiefen Zug. In diesem Moment sah Jakob trotz allem aus, als wäre er zufrieden mit sich. Wie einer, der nach einer langen Reise endlich angekommen ist, das Gepäck neben sich abgestellt hat, den Blick schweifen lässt über den Hafen und das Meer, der alles Leid und jeden Zweifel auf dem weit entfernten Festland zurückgelassen hat.

Was ist das für ein Laden?, fragte er.

Tamilisch.

Mehr wollte Anne dazu offenbar nicht sagen, stattdessen stand sie auf und meinte, sie sei gleich wieder da. Sie müsse nur ganz kurz nach Hause, sich einmal frisch machen, ihre Wohnung sei zum Glück gleich gegenüber. Dabei zeigte sie unbestimmt auf die Häuserfront an der rechten Seite des Platzes, vollkommen willkürlich, wie es Jakob vorkam. Er nickte bloß, und Anne stand auf, um, wie er vermutete, für längere Zeit zu verschwinden.

Noch während er ihr nachsah, kam die Kellnerin heraus und

brachte ihm ungefragt eine Packung Ibuprofen, ein Bier, dazu Eiswürfel in ein Geschirrtuch gewickelt.

Für das Auge, sagte sie. Oder auch für das Bier. Das sei leider ein bisschen warm.

Er sah ihr Gesicht, dunkle Haut, eine Nase, die in die Breite ging, Augen, so tiefbraun, fast schwarz, wie das Haar und wirklich große Zähne. Schöne, gesunde Zähne.

Noch bevor er sich bedanken konnte, war sie wieder weg.

Er goss das Bier ins Glas, warf einen Eiswürfel dazu und sich eine Pille in den Rachen, um dann vorsichtig seine immer noch geschwollene Lippe zu kühlen, seinen Daumen, der dick und von rotblauer Farbe war, und das Eis schließlich auf sein Auge zu legen.

Jakob nippte an dem singhalesischen Bier und betrachtete die vorbeikommenden Menschen. Es kam nicht alle Tage vor, dass man an einem Spätsommerabend allein draußen beim Bier saß und seiner Vergangenheit harrte. Dass er dabei Freude empfand, war überraschend.

Hoffentlich würde ihm nun der Gedanke kommen, nach diesem Tag, dass er so viel im Leben gar nicht falsch gemacht hatte, dass eigentlich nichts zu befürchten war, wenn die Vergangenheit vorbeispazierte und sich zu ihm setzte, dass vielleicht sogar die Gegenwart noch einiges bereithielt für ihn.

Die Frau, die in diesem Moment quer über den Platz fuhr, kerzengerade auf einem roten Hollandrad, sie hätte seine allererste Freundin sein können. Immer noch mit Pagenschnitt und demselben Rad. Nach drei Monaten und einer einzigen gemeinsamen Nacht hatte er sie verlassen. Ihr Name war Rosa gewesen, ein Name, der zu ihr gepasst hatte, aber nicht zu Jakob.

Der Kerl, der gerade aus dem türkischen Imbiss gegenüber kam, an seiner E-Zigarette zog und in einer Dampfwolke verschwand, hatte frappierende Ähnlichkeit mit Gras-Uwe, bloß ohne Haare. In den großen Pausen hatten sie sich die Joints geteilt, gemeinsam waren sie regelmäßig aus dem Spanischunterricht geflogen, ihre Lachkrämpfe waren nicht zu dulden gewesen. Der Schule verwiesen wurde am Ende aber nur Gras-Uwe. Jakob war, wie so oft, unbehelligt davongekommen.

Oder das Mädchen, das jetzt mit seinem Hund auf ihn zukam. Ein alter Labrador, der fast blind an der Leine trottete und genauso aussah wie sein Paul. Er war zehn Jahre alt gewesen, als er ihn geschenkt bekommen hatte, und keine vier Jahre später war er eines Nachmittags, als Jakob von der Schule nach Hause kam, einfach weg gewesen. Sein Vater hatte bloß mit den Schultern gezuckt, als könnte er sich an dieses Tier schon nicht mehr erinnern. Weggelaufen, überfahren, verkauft, im Tierheim entsorgt, Jakob hatte nie eine Antwort bekommen, und das war wohl das letzte Mal, dass er seinem Vater etwas nicht verzeihen konnte. Danach hatte er ihm aus Prinzip nicht mehr vertraut. Vielleicht brauche ich einfach wieder einen Hund, dachte Jakob.

Ein weiteres Mal tauchte die Kellnerin vor ihm auf, stellte ihm jetzt einen Korb mit Roti und eine Schale Chutney auf den Tisch.

Wahrscheinlich sei es schwierig für ihn mit dem Essen, sagte sie, aber das hier sollte gehen. Es sei sehr weiches Brot.

Jakob nahm das Eis vom Auge und bedankte sich, ein wenig zu überschwänglich.

Unsicher blieb sie vor ihm stehen, die Hände in die Taschen ihrer Schürze gepresst.

Er fragte sie, was der Name des Restaurants bedeute. Er komme ihm bekannt vor.

Mein Vater heißt Anil, sagte sie. Von ihm habe ich kochen gelernt. Vielleicht könne er sich an ihn erinnern.

Für einen Moment vergaß Jakob, wo er war. Stumm blickten sie einander an, bis er langsam ihren Namen aussprach.

Neela?

Und als sie nickte, wiederholte er ihn und konnte nicht aufhören, ungläubig den Kopf zu schütteln.

Allein ihren Namen auszusprechen machte ihn wieder zum Kind. Er sprang auf, drückte sie fest an sich, ließ sie wieder los, das Glück zerriss ihn fast, und das war er nicht gewohnt. Er sah sie an, umarmte sie erneut, und Neela weinte, zu ihrer beider Überraschung, in sein Hemd.

Es war verrückt, wie sehr man jemanden vermissen konnte, den man nicht einmal wiedererkannte. Sie waren Kinder gewesen damals, zarte Wesen mit weichen Haaren. Eine Zeit, von der Jakob kaum etwas erinnerte, außer seiner Neela. Ihre Wege hatten sich im Alter von sechs Jahren, an ihrem letzten gemeinsamen Tag im Kindergarten, getrennt. Ein Alter, in dem man nichts verstand von Abschieden, in dem einem die Erfahrung fehlte, um zu begreifen, dass Verlust überhaupt möglich war. Ein Alter vielleicht auch, in dem einem der Verlust noch gleichgültig war. Menschen kamen und gingen, alles war im Fluss, man trieb dahin, Entscheidungen trafen ausschließlich die anderen. Als Kind wehrte man sich ständig und hatte doch alles zu akzeptieren. Es waren Jahre des sinnlosen Kämpfens.

Sie ließen einander los, fielen erschöpft auf die Stühle, und Neela wischte sich die Tränen von den Wangen.

Wie fing man miteinander zu reden an, wenn man sich kannte aus einer Zeit, in der Worte überflüssig gewesen waren, wenn man sich wiederbegegnete in einem Alter, in dem Worte alles zerstören konnten. Am liebsten hätte Jakob schweigend Eisenbahn mit ihr gespielt, auf dem Küchenboden in der Ecke, auch wenn das für zwei Fünfzigjährige kein ruhmreicher Gedanke war.

Was ist mit dir passiert?, fragte sie, während sie ungeniert sein Gesicht betrachtete.

Du hast mich in einer schwierigen Phase meines Lebens getroffen, sagte er, und Neela lachte.

Es habe sich überhaupt nichts geändert. Solle doch niemand behaupten, die Kindheit sei ein Spaziergang gewesen.

Sie waren Freunde geworden, weil ihnen nichts anders übrig geblieben war. Manche nannten so etwas Schicksal. Jakob hatte eine Brille getragen mit Gläsern, so dick wie die Böden von Colaflaschen, und wenn er mal sprach, tat er das mit so dünner Stimme, dass ihn niemand verstand. Auf Neela mit ihrer dunklen Haut hatten sie mit den Fingern gezeigt. Sie würde sich nicht waschen, riefen sie, sie würde stinken, außerdem aß sie ausschließlich mit den Händen. Das allerdings tat sie bereits damals mit einer solchen Eleganz, dass Jakob es unbedingt hatte lernen wollen. Sämtliche Aufforderungen zu deutschen Tischmanieren blieben ungehört, und schon bald bekamen sie einen extra Platz. Dort saßen sie zwei Jahre lang an einem niedrigen Tisch in einer dunklen Ecke des Saals, weitab von den anderen. Es gab für sie beide keinen glücklicheren Ort. Durch diese frühen Jahre der Kindheit waren sie Schulter an Schulter gegangen, ein Bollwerk gegen den Rest der Welt.

Jetzt konnten sie nicht aufhören, einander anzusehen. Es waren Blicke auf der Suche nach Erinnerungen, Blicke, die versuchten, all die Schichten zu durchdringen, die die Jahrzehnte auf ihrer Haut zurückgelassen hatten. Sie suchten das Kind im Gesicht gegenüber.

Jakob wagte kaum, etwas vom Roti abzureißen, doch außer einem Stück fetter Schokoladentorte, Fenchelsalami und ein paar Oliven hatte er nichts im Magen, und so tunkte er das Brot in die Schale mit dem Chutney. Es war derselbe Geschmack wie vor fünfundvierzig Jahren. Eine fruchtige Süße, unter der sich ein feiner Hauch von Chili versteckte, dazu das warme, leicht ölige Brot.

Offensichtlich konnte auch das plötzliche Glück einen entsetzten Ausdruck auf dem Gesicht hinterlassen, zumindest auf seinem.

Ob es ihm zu scharf sei, fragte Neela.

Nein, das war es nicht. Nur habe er so viel Kindheit im Mund gerade. So viel Kindheit auf leeren Magen.

Sie sah ihn besorgt an, doch dafür, fand Jakob nun, gab es nicht den geringsten Anlass. Es schmecke wie Nachhausekommen, ein Zuhause, das er im Laufe der Jahrzehnte fast vergessen hatte.

Wie man ein Zuhause vergessen konnte, das verstand Neela nicht. Was sie aber verstand, wenn auch nie hatte gutheißen können, war die Tatsache, dass sie sich nie wiedergesehen hatten, nachdem Jakob mit seinen Eltern an das andere Ende der Stadt gezogen war. Man habe sie auseinandergerissen, sagte sie, gab dafür allerdings niemandem die Schuld. Es war eine andere Zeit gewesen.

Es waren die Siebzigerjahre, da wurden Kinder noch nicht zu ihrem Vergnügen durch die halbe Stadt gefahren, auch wenn Jakobs Vater damals im Vorstand eines Logistikunternehmens saß. Es war eine Zeit, in der es kein Internet gab, keine Handys, keine sozialen Medien. Eine Zeit, in der man sich anstrengen musste, wollte man sich nicht aus den Augen verlieren. Und Sechsjährige strengten sich nicht an, genauso wenig ahnten sie etwas von der Ära, in der sie lebten.

Jakob wusste, dass das nicht der alleinige Grund war. Sein Vater hatte ihm die unmissverständliche Ansage gemacht, den Kontakt zu Neela und ihrer Familie einzustellen. Sie seien kein guter, kein standesgemäßer Umgang. Mit solchen Freunden werde er es nie zu etwas bringen. Darüber schwieg Jakob jetzt, flüchtete sich stattdessen zurück in die Zeit im Allgemeinen, der man immer an allem die Schuld geben konnte. Ein Phänomen, das nie aufhörte und immer unabhängig von einem selbst zu existieren schien, als wäre man gänzlich unbeteiligt an den Umständen, als würden sie nicht von Menschen gemacht.

Sie erinnerten sich, dass es früher im Kindergarten noch

regelmäßigen Probealarm gegeben hatte und sie schnell verstanden hatten, was sie im Falle eines russischen Atomangriffs retten würde: nichts. Manchmal hatten sie nachts schlecht geschlafen, doch meistens nicht daran gedacht, und so war es ihr Leben lang geblieben: Angedrohte Katastrophen wurden nicht wahr, passierten woanders, trafen sie nur in der milden Version. Ohne jedes Dazutun gehörten sie zu den Überlebenden, den Gewinnern. Sie konnten nichts dafür, und es gab Tage, da wucherte das Gefühl der Vergeblichkeit aus, dann spendeten sie an Hilfsorganisationen, tranken bis zum Exzess, gingen auf Demonstrationen, zerwühlten fremde Betten, schluckten Antidepressiva, zeugten Kinder, stürzten sich in die Arbeit, brachten die Eltern ins Heim. Das Leben ging weiter. Sie waren davongekommen und machten weiter, so wie sie immer weitergemacht hatten. Seit fünfzig Jahren. Es wurde Zeit, dass Jakob es endlich begriff.

Neela fragte, ob er ihr helfen wolle. In der Küche. Sie müsse das Essen vorbereiten und sei heute ganz allein.

Es gebe nichts, was er jetzt lieber tun würde, sagte er und folgte ihr in das Lokal.

Leider übersah er beim Eintreten die Stufe. Er konnte seinen Sturz gerade noch auffangen, trotzdem war der Schmerz an seinem rechten Fuß brutal. Jakob gab keinen Ton von sich, er schloss nur kurz die Augen, biss die Zähne, die er noch hatte, so fest zusammen, dass sein Kiefer sich verkrampfte. Unter keinen Umständen wollte er sich noch lächerlicher machen, als er eh schon war mit seinem verbeulten Gesicht und seinem geschwollenen Daumen, und mit angehaltenem Atem humpelte er Neela hinterher in Richtung Küche.

Sie schaltete auf den Tischen die kleinen Leuchten an, das große Licht hinter dem Küchentresen, bevor sie ihm eine Schürze umlegte, die sie an seinem Rücken zuband.

Du kümmerst dich um den Zimtreis, entschied sie, stellte ihm den Topf bereit, nahm den bunt bedruckten Sack Reis von der Wand, wo er hing wie ein Gemälde, und deutete mit dem Finger auf eine geblümte Plastikvase, die oben auf dem Regal stand. Darin standen Zimtstangen, wie er sie noch nie gesehen hatte, dick wie sein heutiger Daumen und einen Meter lang. Er nahm sie in die Hand und stellte fest, dass er rein gar nichts wusste über Zimt. Als würde der in kleinen gerollten Portionen an Sträuchern hängen und brauchte nur gepflückt zu werden.

Den schickt mir meine Mutter immer, sagte Neela. Wächst bei ihr hinterm Haus.

Wie geht es ihr?, fragte Jakob, während er begann, den Reis zu waschen.

Nur ein einziges Mal hatte er sie gesehen. Neela hatte Eltern gehabt, die ihr Kind im Schichtbetrieb liebten. Tagsüber war die Mutter putzen gegangen, nachts arbeitete der Vater als Pförtner, und in der Wohnung wurde rund um die Uhr gekocht. Wenn sie aus dem Kindergarten kamen, hockten sich Neela und Jakob auf den Küchenboden. Sie rollten eine Eisenbahn aus Blech zwischen den Stühlen hindurch, die das einzige Spielzeug in der kleinen Zweizimmerwohnung war, während bei ihm zu Hause die Mutter hinter der verschlossenen Schlafzimmertür lag, eingewickelt in Bettwäsche aus Seide und ihre Depressionen.

Dort hatten sich die Raviolidosen neben dem Herd gestapelt, bei Neela sah er zum ersten Mal einen Mann kochen. Er kannte Anil nur im Jogginganzug und mit Schürze, Kochlöffel in der einen, Zigarette in der anderen Hand. Jeden Nachmittag saßen sie im Rauch und Currygeruch. Er hatte Anil verehrt, hatte so werden wollen wie er, bis er irgendwann hatte erfahren müssen, dass aus einem deutschen Jungen niemals ein kochender Pförtner aus Sri Lanka werden konnte. Diese Begrenzung der eigenen Möglichkeiten hatte eine bis dahin ungekannte Wut in ihm zutage gefördert, ganze zwei Waggons hatte er zertreten.

Sie sind zurückgegangen, sagte Neela. Vor ein paar Jahren erst. Sie wollen an ihrem Lebensabend die Sonne lieber über dem Indischen Ozean untergehen sehen als über der Weser.

Legitim fand Jakob das. Und spürte das spontane Bedürfnis, es ihnen gleichzutun, noch einmal bei Anil in der Küche zu sitzen, Reis mit den Händen zu essen und am Ozean eine Zigarette mit ihm zu rauchen. Dafür wurde man groß, dass man endlich mit den alten Männern rauchen und schweigen konnte.

Neela stellte den Topf auf die Gasflamme, schüttete Kokosöl hinein, reihte für ihn die Gewürze neben dem Herd auf. Sie brach die Zimtstange über ihrem Knie in drei Teile, hielt sie ihm unter die Nase, und Jakob glaubte einen ganzen Wald davon zu riechen. Dann schnitt er Zwiebeln und Knoblauch, so gut es ging in seinem Zustand, tropfte den Reis ab. Das

Kochen liebte er mehr als das Essen, und gern hätte er jetzt die Tür von innen abgeschlossen, denn das war das einzig Schlechte am Kochen, dass es nicht selten Gäste nach sich zog.

Wie geht es denn deinen Eltern?, fragte Neela.

Er warf Samen von Kümmel und Senf in das heiße Öl, die Zwiebeln und den Knoblauch dazu und blickte in den Topf.

Jakob sprach nicht gern über seine Eltern, und das wurde neuerdings zum Problem, da man spätestens mit fünfzig in einem Alter war, in dem die Eltern zu einem uferlosen Thema wurden. Immer öfter rutschten die Abende in einen düsteren Sumpf, hinabgezogen von der profunden Kenntnis über Demenz oder Parkinson oder Krebs im Endstadium, es wurden Pflegedienste und Heime empfohlen, später Notare und Bestatter, zwischen Geschwistern brachen Kriege aus, und Jakob erfuhr in diesen Gesprächen, wie glücklich er sein könne, ein Einzelkind zu sein.

Mein Vater liegt in einem Heim und weiß nicht mehr, wer ich bin. Falls er es jemals wusste, sagte er knapp.

In Neelas Pfanne zischte der Bockshornklee neben den Senfkörnern, und sie sagte: Das ist das Letzte, was wir von unseren Eltern lernen, das Vergessen und das Sterben.

Ihre Mutter habe irgendwann kein einziges deutsches Wort mehr erinnert, nicht einmal den Namen ihrer Straße. Das sei der wahre Grund für ihre Rückkehr gewesen, zurück in ein Land, in dem sie zumindest die Sprache noch verstand, wenn sich auch die Bedeutung aller Worte verlor.

Aus dem Korb neben ihm nahm Jakob ein Stück Ingwer, nur schneiden mochte er es nicht. Es war eine in sich verschlungene Knolle, die aussah, als wären da zwei in eine Umarmung hineingewachsen. Die zärtlichste Knolle, die er je gesehen hatte. Die beiden Figuren erinnerten ihn an jemanden, an ein tatsächliches Paar, bloß kam er nicht drauf, an wen. Er zeigte sie Neela, die sie behutsam in die Hand nahm und schließlich in das Regal stellte, wie man das Souvenir von einer Reise postierte. Er griff sich ein anderes, ein gewöhnliches, grobes Stück Ingwer, schälte es und schnitt es schmerzlos in feine Scheiben.

Vorsichtig legte Neela den Fisch zwischen die Curryblätter, und Jakob legte den Ingwer dazu, bevor dann sie die Kokosmilch darübergoss.

Er würde gern draußen noch eine rauchen, sagte er.

Du kannst hier rauchen. Solange wir kochen, kannst du drinnen rauchen. Alte Familientradition, sagte sie.

Wenn sie ehrlich sei, würde sie bei dem Geruch von Curry immer den Gestank von Anils Zigaretten vermissen. Manchmal zünde sie sogar eine an, die dann neben ihr im Aschenbecher verglühe.

Sie griff zwischen die Ölflaschen und holte eine Packung Marlboro hervor.

Die müssen es dann schon sein, sagte sie, damit ich etwas davon habe. Schließlich riechen nicht alle Sorten gleich.

Neela hob die Pfanne vom Herd, steckte sich eine Zigarette zwischen die Lippen und beugte sich zur Gasflamme hinab, um sie anzuzünden. Sie nahm nur einen einzigen schnellen Zug, bevor sie Jakob die glühende Kippe reichte.

Ich habe Anil niemals ein Feuerzeug benutzen sehen, erzählte sie. Manchmal glaube ich, dass er nur deswegen die ganze Zeit gekocht hat, um immer in der Nähe einer Flamme zu stehen. Mit einem E-Herd wären wir wahrscheinlich verhungert.

Sie sahen sich an und lachten. Fünfundvierzig Jahre später war es möglich, über alles zu lachen. Jakob war in jeder Hinsicht ein ausgehungerter Junge gewesen. Seine Eltern hatte er höchstens am Wochenende kochen sehen, wenn er sie überhaupt zu Gesicht bekam. In der Küche von Neela und Anil aber hatte er sich mit allem vollgestopft, was er kriegen konnte, und das war weit mehr als Essen gewesen.

Wie geht es deiner Mutter?, wollte Neela wissen. Ist sie noch immer so traurig?

Ich hoffe nicht, sagte Jakob.

Er schüttete Reis in den Topf, goss Wasser dazu und erzählte, so unbeteiligt, wie er es sich angewöhnt hatte, dass seine Mutter ertrunken sei, als er zehn Jahre alt war. In der Ostsee, an einem Tag ganz ohne Wellen.

Sie ist ins Meer gewandert, einfach untergegangen. So wurde es uns damals von der Polizei berichtet.

Neela schwieg.

Sie tunkte ein Stück Roti ins Mangochutney und schob es ihm in den Mund, dann nahm sie ihn in den Arm, so fest, dass Jakob glaubte, sie meinte nicht nur ihn, sondern ihrer beider auf immer verlorene Kindheit.

Sie hatte seine Mutter nur wenige Male gesehen, und es war nie ein Anlass zur Freude gewesen. Wenn sie vor dem Kindergarten wartete, dann nahm sie Jakob mit nach Hause, und kein einziges Mal lud sie Neela zu ihnen ein. Sie blieb eine fremde Frau, am Ende sogar für Jakob.

Er klopfte Neela auf den Rücken.

Ist okay. Ist schon okay. Man sucht sich seine Kindheit nicht aus. Manchmal muss man sie einfach nur überstehen, sagte er und drückte Neelas Hand. Es war die verschwitzte Geste eines späten Dankes.

Hinter ihnen sprangen Senfkörner durch die Luft, Flammen schlugen aus der Pfanne, ein weiterer Beweis, dass man viel weniger im Griff hatte, als man sich vormachte. Gefühle zum Beispiel, Lebenskrisen, platonische Beziehungen oder eben Gasherde.

Neela rannte durch die enge Küche und löschte alles, wirklich alles mit Kokosmilch. Es war, wie er zugeben musste, ein betörender Geruch, viel besser als damals.

Diese angebrannte Note gibt dem Fisch sicherlich auch geschmacklich das gewisse Extra, sagte er.

Bist du Koch, oder was?

Nein, arbeitslos.

Sie drückte ihm einen Lappen in die Hand, griff sich den Feudel und begann den Boden zu wischen.

Ob du es glaubst oder nicht, ich habe mal im Internet nach dir gesucht, bin aber nicht weit gekommen. Und weißt du, warum?

Ja, sagte Jakob, während er begann, um die Kochfelder herum zu putzen. Ich habe es auch mal probiert, aber ich konnte mich nicht an deinen Nachnamen erinnern.

Ganz genau, meinte sie. Nicht mal die Idee eines Nachnamens habe ich gehabt. Wahrscheinlich habe ich den nie gekannt.

Soll ich ihn dir verraten?

Bloß nicht. Das würde alles ruinieren.

Mit dem Feudel wischte sie um Jakobs Füße. Es war ihm nicht möglich, ihr aus dem Weg zu gehen, ohne dass sie sein Humpeln bemerkte. Schief stand er in der Gegend herum, alles Gewicht auf seinem linken, dem intakten Fuß.

Also, was machst du?, fragte sie. Was ich mache, siehst du ja.

Seit wann arbeitest du hier?

Es ist mein Restaurant. Seit drei Monaten ist es meines.

Sie habe gehört, nicht nur einmal, sondern wie ein Dauerrauschen gehört, dass die Wechseljahre das beste Alter seien, um Neues zu beginnen. Und dafür sei sie bereit gewesen. Wie die letzte Chance sei ihr das erschienen. Also habe sie sich endlich scheiden lassen, sei nach Berlin gegangen, wo auch ihre beiden Kinder hingezogen seien, und habe dieses Restaurant eröffnet.

Es läuft mies, sehr mies, sagte sie. Und das im Sommer. Wenn das so weitergeht, muss ich im Winter putzen gehen, dann werde ich da enden, wo meine Mutter angefangen hat, und das ist doch das Schlimmste, was passieren kann. Stell dir das vor, wenn wir alt sind, machen wir das, was unsere Eltern getan haben, als sie jung waren. Das ist doch der Inbegriff des Versagens.

Manche Leben laufen rückwärts, sagte Jakob, und Neela meinte, er sei immer noch der Klugschnacker von früher.

Sie wrang den Feudel aus, probierte das Curry, das sie famos fand, besser denn je, und wollte nun endlich wissen, womit er sich das Leben vertrieben hatte.

Filme, sagte Jakob. Er sei, vielmehr er sei es gewesen, Regisseur. Bloß bekomme er jetzt keine Angebote mehr. Angeblich sei er zu alt, zu weiß oder mindestens zu heterosexuell.

Toll, rief sie. Alles, was ich mag! Was für die Arbeit nicht taugt, taugt vielleicht noch fürs Leben.

Ich habe das immer umgekehrt gesehen, sagte Jakob, und ich habe keinerlei Ahnung, was ich ohne Arbeit mit mir anfangen soll.

Wenn das so ist, betrachte einfach alles als Arbeit, sagte Neela. Ein sehr beliebter Trick, besonders hierzulande. Beziehungsarbeit, Arbeit an sich selbst, an seinem Körper, seinem Garten, seinem Haus, an seiner Vergangenheit, seinen Vorstellungen. Nichts als Arbeit. Wirklich sehr beliebt, sagte sie.

Allerdings unbezahlte Arbeit, wandte Jakob ein.

Erbst du denn nichts?, fragte sie. Es erben doch gerade alle.

Jakob schüttelte den Kopf. Ich lebe derzeit von dem, was mein Bankberater einst als meine Rente bezeichnet hat.

Und wovon lebst du, wenn du in Rente gehst?

Von Zimtreis wahrscheinlich, sagte er.

Was Neela nicht für die schlechteste Variante hielt. Vielleicht bin ich sogar bereit, dir jeden Tag welchen vorbeizubringen, wenn es so weit ist, sagte sie.

Sie gab ihm den Löffel, damit er den Reis probierte, und mit vollem Mund stimmte er zu, dass sich damit sogar das Alter aushalten ließe.

Aber vorher, sagte Neela, müssten wir noch die Tische decken.

Sie zeigte ihm, wo das Besteck lag. Für einen kurzen Moment hatte Jakob seinen Schmerz vergessen, doch als er jetzt mit dem Fuß auftrat, schrie er nicht nur laut auf, sondern er ging in die Knie und sackte hinter dem Tresen zusammen.

Mein Gott, was ist los?, rief Neela.

Nur mein Fuß, sonst nichts, sagte er, ich bin umgeknickt. Nichts Besonderes, mach dir keine Sorgen, es geht schon.

Neela ließ sich neben ihn fallen, und da saßen sie nebeneinander auf dem Küchenboden, und es war, als rauschten sie gemeinsam durch die Zeit. Es fehlte nur eine kleine Eisenbahn aus Blech.

Entschuldige. Jakob gab ungewollt ein leises Stöhnen von sich. Ich bin heute nicht sonderlich vorzeigbar. Eigentlich bin ich ein totales Wrack.

Ach, nur äußerlich, beruhigte sie ihn. Das passiert. Wir sind fünfzig, Jakob. Da halten sich nur eitle Idioten noch für vorzeigbar, der kluge Rest sucht sich andere Qualitäten.

Er nickte und sah sie mit einem großen Auge an, das andere konnte er noch immer nicht öffnen. Es schien, als wartete er darauf, dass sie ihm diese anderen Qualitäten aufzählte, stattdessen gratulierte sie ihm zum Geburtstag. Das habe sie vor lauter Überraschung beinahe vergessen.

Woher sie das wisse, fragte er. Dass er heute, genau heute Geburtstag habe.

Aber das wissen wir doch alle, sagte Neela. Ich habe sogar ein Geschenk für dich.

ELLEN

Wahrscheinlich hielt er jetzt eine alte Spielzeugeisenbahn in den Händen. Oder Neela im Arm. Oder beides gleichzeitig. Sie saßen auf dem Küchenboden, um sich wieder wie die Kinder zu fühlen, die sie in ihrer Erinnerung waren, während ich seit Stunden durch meine Wohnung tigerte und mir schließlich ratlos die Kopfhörer aufsetzte.

In letzter Zeit hatte Jakob manchmal von seiner Kindheit gesprochen. Das war als solches nichts Besonderes, wir alle sprachen neuerdings von unseren Kindheiten, das ging mit dem Sterben der Eltern einher, aber Jakob erwähnte eine Freundin aus dem Kindergarten, und die Erinnerung an sie war offenbar die schönste, vielleicht sogar die einzige schöne an seine frühesten Jahre. Als er mir davon erzählte, spürte ich eine leise Wehmut, nicht auch diese Zeit schon mit ihm verbracht zu haben.

In meinen Ohren donnerte der Ska. Ewig nicht mehr gehört, viel zu lange nicht, ein beinahe ausgestorbenes Genre, dachte ich bei den ersten Takten, bei meinen ersten Schritten. Die

Ellenbogen angewinkelt, die Knie neben den Ohren. *Ska, Ska, immer nur Ska!* Warum zur Hölle nicht mal wieder tanzen? Ich tanzte ausschließlich zu Hause, allein, und selbst das nur noch in Ausnahmefällen. Gegen die Gedanken an, gegen die Zweifel.

Als ich diesen Tag für Jakob geplant hatte, mich durch seine Vergangenheit schlich und mit den Menschen darin sprach, ohne dass er etwas davon ahnte, kam ich ihm auf eine Weise näher als je zuvor. Als würde ich zum ersten Mal das große Ganze sehen, wie er wurde, was er ist. Es war, als würde in mir ein längst überwundenes, eigentlich schon vergessenes Gefühl erweckt. Das verstand ich allerdings erst, als ich Neela traf.

Es hatte mich Wochen gekostet, sie aufzuspüren. Beim Kindergarten hatte ich begonnen. Aus Jakobs Erzählungen wusste ich, dass er, wenn er mit der Schaukel hochflog, das Weserstadion sehen konnte. Es gab in der Nähe nur einen einzigen Kindergarten, der bereits seit den frühen Siebzigerjahren existierte. Als ich dort anrief, gab man mir nach etlichen Rückfragen die Nummer einer damaligen Erzieherin, inzwischen über achtzig Jahre alt, kaum noch imstande zu gehen, wie sie mir am Telefon erzählte, aber der Kopf funktioniere noch. Sie erinnere sich an die beiden, sagte sie, speziell an das Mädchen, Neela war das erste indische Kind unter ihrer Obhut gewesen. Indien oder Sri Lanka, das machte für sie keinen Unterschied, dafür wisse sie den Nachnamen noch: Rama, irgendetwas mit Rama. Da hätten sie ihre Witze drüber gemacht, dass ausgerechnet diese Ausländerin hieß wie eine deutsche Margarine. Das dürfe man heute natürlich nicht mehr erzählen. Ich hatte mich bedankt, mir das Bremer Telefonbuch von 1978 besorgt und darin einen Eintrag unter dem Namen Ramayhana gefunden, eine Nummer, die nicht mehr existierte. Am Ende war mir nichts weiter geblieben, als zu der damaligen Adresse zu fahren, vergeblich die Klingelschilder des Mietshauses abzusuchen und sämtlichen Nachbarn auf die Nerven zu gehen, bis ich schließlich einen fand, der sich an die Ramayhanas nicht nur erinnerte, sondern sogar mit ihnen in Kontakt geblieben war. Ende August schließlich erreichte ich Neelas Vater über WhatsApp. Ein freundlicher Herr, der von seiner einzigen Tochter in den höchsten Tönen schwärmte.

Wenn ich wirklich wollte, konnte ich also jeden ausgraben, doch als ich Neelas Adresse in der Hand hielt, war Angst und nicht etwa Freude mein spontanes Gefühl. Zuerst die Angst, was aus ihr geworden sein mochte. Erinnerungen sind trügerisch, Lebensläufe vernichtend. Jakob würde seine erste, gänzlich unschuldige Liebe wiedersehen, und alles könnte zu Asbeststaub zerfallen, der genau das, was er mit ihr gehabt zu haben glaubte, zersetzte. Nachträglich würde er sich wünschen, ihr nie wiederbegegnet zu sein, seinen Erinnerungen den Anblick erspart zu haben.

Als ich aber vor ihr stand, in ihrem Berliner Restaurant, das zudem nur wenige Straßen entfernt lag, was ein weiterer Beweis dafür war, dass man alles und jeden erst mal vor der eigenen Haustür suchen sollte, da traf mich bei ihrem Anblick noch eine andere Angst. Neela servierte mir einen Eistee, der wie eine Liebkosung schmeckte, eine Verführung, der niemand widerstehen könnte, nicht einmal dann, wenn man sich auf dem Höhepunkt einer Sinnkrise befand. Und mit offenen Augen betrachtet, war der Eistee noch die geringste Gefahr.

Also tanzte ich jetzt. Ich hüpfte und stampfte durch meinen Flur und versuchte, nicht daran zu denken, was im selben Moment in einem kleinen tamilischen Lokal gleich um die Ecke passierte. Jede andere Frau hätte dieses Wiedersehen zu verhindern versucht, da war ich mir sicher. Frauen galten als raffiniert, durchtrieben und in Liebesdingen taktisch versiert. An mir waren diese Gaben vorbeigegangen. Meine Liebe hatte sich noch nie durch großes Talent oder einen starken Kampfgeist ausgezeichnet, sie hatte mich immer nur hilflos gemacht. Vielleicht hätte ich einen der vielen Ratgeber lesen sollen, aber das lohnte sich jetzt auch nicht mehr.

Alles hatte ich organisiert, mit allen gesprochen, die Treffpunkte bestimmt, ich war die Puppenspielerin im Dunkeln, die Göttin im Bühnenhimmel, alles hatte ich in der Hand und am Ende doch nichts.

Sie hatten mich einer nach dem anderen im Laufe des Tages angerufen, sie erzählten von ihrem Wiedersehen, der Übergabe an den Nächsten und sprachen kurz über das, was sie allesamt den Kollateralschaden nannten. Ich konnte offenbar froh sein, wenn Jakob überhaupt mit dem Leben davonkam.

Und nun blieb mein Telefon stumm, seit über zwei Stunden schon. Schweigen war nicht immer ein gutes Zeichen, manchmal bedeutete es auch einfach, dass man in der Stille jemanden verlor.

Ich merkte nicht einmal, wie ich anfing zu singen. Erst als ich den Refrain grölte, zuckte ich zusammen. Wenn ich sang, hatte ich eine Stimme, vor der ich selbst erschrak.

Vielleicht wurde ich verrückt. Nachdem ich mein halbes Leben mit diesem Mann verbracht hatte, wurde ich doch noch verrückt. Der sinnlose Gedanke, dass wir längst glücklich sein könnten, brachte mich um den Verstand. So lange hätte es schon gut sein können! Stattdessen Irrwege, Kummer, gebrochene Herzen, längst nicht nur unsere eigenen. Geteilte Einsamkeit. Die lebensentscheidenden Jahre, also die letzten fünfundzwanzig, an andere verschwendet, mit anderen vertan, den eigenen Gefühlen misstraut, und für was denn eigentlich – für die heilige Freundschaft.

Wahrscheinlich schoben sie jetzt ihre lachhafte Eisenbahn über den Boden, versteckten sich hinter dem Küchentresen, wo sie leise kicherten, während draußen die alten Vertrauten an verschlossene Türen klopften. Kinder durften alles, ich war sogar auf ihre Erinnerungen eifersüchtig.

Nur noch leise summend, trug ich Puder auf, Rouge, ich zog die Augenbrauen nach, die Konturen der Lippen, ich versuchte aus meinem Gesicht das Bestmögliche rauszuholen.

Als ich Jakob kennengelernt hatte, war ich gerade Anfang zwanzig gewesen und hatte keinerlei Verschönerungsmaßnahmen nötig gehabt. Damals hätte ich nicht geglaubt, dass knapp dreißig Jahre später jede Abzweigung des Lebens eine Spur hinterlassen haben würde, auch die nicht genommenen, die vielleicht sogar besonders. Außerdem war ich damals mit einem Mann zusammen, der mich tatsächlich liebte wie kein Zweiter, was ich aber erst im Nachhinein erkannte. Und nachdem wir uns getrennt hatten, weil ich sicher gewesen war, etwas noch Besseres warte auf mich, lernte Jakob Inken kennen. Eine Frau, mit der ich nichts anfangen konnte, überaus geschickt in ihrer Bedürftigkeit, lieb, nett und wohlerzogen. Eine Mutter, schon damals, als sie noch kein Kind hatte.

Nach nur sechs Monaten zogen die beiden zusammen, und ich verließ so schnell ich konnte die Stadt. Ein Forschungsstipendium in Venedig, ausgerechnet. Nichts als Schönheit, Glanz und Paare, die glaubten, eine Gondel könnte helfen. Paare, die endlich mal wieder Zeit füreinander hatten und sich kaum wiedererkannten. Paare, die sich verliefen. Paare, die dachten, ihnen gehöre die Welt, und Paare, die in Gruppen reisten, ganze Bündel von Paaren, und das überall. Ich floh in die leeren Bibliotheken. Zwei Jahre lang litt ich still vor mich hin und arbeitete wie besessen. Ich kehrte als promovierte Kunsthistorikerin und Geliebte eines Museumsleiters zurück. Alles war gut, alles an seinem Platz, das dachte ich zumindest.

Auch wenn ich die gemeinsamen Abende mit Jakob und seiner Liebe, die mir aufgesetzt erschien, stets um das perfekte Bild bemüht, noch immer schwer ertrug. Es war mir kaum möglich, mit diesem biederen Glück und einem Steinpilzrisotto zusammen an einem Tisch zu sitzen, manchmal verschwand ich einfach.

Dass Inken zuließ, dass wir in all diesen Jahren weiterhin zusammen reisten, wenn wir auch Anlässe dafür vorschieben mussten, fand ich letztlich das einzig Überzeugende an ihr.

Ein Lehrauftrag in Palermo, ein Stipendium in Kyoto, bei dem Jakob mich besuchen kam, und immer fragte irgendwer von meinen Freunden, warum wir kein Paar seien.

Es verging ein weiteres Jahrzehnt, und allmählich vergaß ich die Möglichkeit einer Liebe. Ich vergaß, darüber nachzudenken, und machte das, was man in meinen Kreisen eine beachtliche Karriere nannte, ich veröffentlichte Bücher, forschte, bekam eine Professur, verliebte mich in andere Männer, wurde zumindest begehrt und dachte, das würde reichen für ein gelungenes Leben.

Als ich die Kopfhörer absetzte, verklang in meinen Ohren ein letztes Rauschen. In der Wohnung schien die Schwüle jedes Geräusch zu dämpfen, auf meinem Bett lag eine beschämend eintönige Auswahl an Kleidern. Ich wollte gut aussehen, aber nicht so, dass der Versuch auffiel. Man konnte seinem besten Freund nicht plötzlich in Spitzenunterwäsche gegenübertreten, das war lächerlich. Andererseits: So vieles fühlte sich inzwischen an wie eine letzte Chance. Wollte man noch etwas ändern, dann war es an der Zeit. Wollte man noch eine Abzweigung nehmen, dann sofort. Und ja, mir war bewusst, dass wir noch immer Kinder waren, das sagten die, die wirklich alt waren, und trotzdem: Es galt, ein wenig Engagement an den Tag zu legen.

Über eine Stunde zu spät verließ ich das Haus, in einem dunkelblauen Rock und einem grünen Shirt, derselben Garderobe wie am Morgen. Nur die Schuhe hatte ich gewechselt. Ich trug jetzt welche, in denen ich nicht wegrennen konnte, meine Sitzschuhe. So stöckelte ich zum Ende eines Tages, den er hoffentlich nie vergessen würde und ich auch nicht, eines Tages, an den wir uns gegenseitig erinnern könnten.

Wie oft konnte man sich in denselben Menschen verlieben? Kam das in Wellen oder kippte es irgendwann, so wie Flüsse, Seen und ganze Meere kippten? Es gab eine Zeit, und sie war gar nicht lange her, da konnte ich Jakob kaum noch ertragen mit seinem Selbstmitleid, da versagte mir die Vorstellung, wie unsere Körper sich berühren könnten. Auch jetzt fiel es schwer. Wir kannten uns zu lange, waren uns viel zu nahe. Wir würden in tausend Stücke zerspringen, nichts als Scherben hinterlassen. Wir waren die, die niemals miteinander schliefen, sondern Rücken an Rücken. Auf diese Art nebeneinanderliegend, hatten wir uns an fünf von sieben Weltmeeren eine gute Nacht gewünscht. Zu Beginn hatten wir die Zimmer und Betten aus rein finanziellen Gründen geteilt, und als wir uns später mehr hätten leisten können, behielten wir diese Tradition bei, denn alles andere hätte bedeutet, dass diese Nähe einzig unserer Armut geschuldet gewesen war. Ich weiß nicht, ob Jakob wirklich jeden Abend so schnell einschlief oder ob er es nur vorgab, so wie ich es in all der Zeit getan hatte. Bloß ein einziges Mal hatte ich mich nachts zu ihm umgedreht, in einem Hotelzimmer an irgendeinem Strand von Sri Lanka, war hineingerollt in seine Schutzzone, wie zufällig, und hatte wie im Traum meinen Arm um ihn gelegt.

Über den längst dunklen Platz fegte ein Windstoß, so gnadenlos, als wollte er den gesamten Sommer und jede Erinnerung an Jakob mit sich reißen. Trockenes Laub fiel mir auf Haar und Schultern, vor den Lokalen wurden die Stühle reingeholt, anderswo Markisen ausgerollt. In den letzten Tagen vor Beginn des Herbstes hatte die Stadt ihre eigene ramponierte Schönheit, ausgelaugt und voller Wehmut. Erste Tropfen fielen. Ein pathetisches Wetter war das, und ich dachte: Je älter wir werden, desto mehr geht es um das, was wir verlieren können, weniger um das, was es zu gewinnen gibt.

DAS FEST

Durch die offene Tür drang Lachen. Ein so dröhnendes, leuchtendes Lachen, wie es nur von Georg stammen konnte. Wir hatten uns über zwanzig Jahre nicht gesehen, aber sein Lachen hatte ich nie vergessen. Es zu hören tat gut, umso mehr, da er der Einzige war, den ich hatte überreden müssen. Unsicher blieb ich draußen stehen und stellte fest, dass ich tief durchatmete, als ob das jemals geholfen hätte. Ein Geruch von Curry und Zimt lag in der schweren Luft, die nächste Böe kam und warf die kleinen gelben Plastikhocker vor mir in die Höhe. Man hätte es für ein Willkommenstänzchen halten können.

Drinnen wurde das Lachen höher und lauter, ein Kreischen, wie es nur eine Gruppe von Frauen zustande bringen konnte. Eine von ihnen schien keine Luft mehr zu bekommen, ein Lachen, das einem Angst einjagte. Nur von Jakob hörte ich keinen Laut. Ich warf den Kopf nach hinten, gleich einem Pferd, das man aus der Box gelassen hatte, stelzte über die Stufen ins Lokal und verstand, warum Jakob der Einzige war, der nicht lachte.

Er war der Witz. Er thronte in der Mitte, und so wie er aussah, brauchte es keine Worte. Das Gesicht allein reichte. Sein rechtes Auge war dunkellila verfärbt und hatte die Form eines eingedellten Pingpongballes, seine Oberlippe ließ an eine missglückte Botox-Behandlung denken, für die man Schadenersatz einklagen sollte, und hinter dieser aufgestülpten Lippe tat sich ein schwarzes Loch in der oberen Zahnreihe hervor, eine Lücke, durch die beim Sprechen seine Zunge hervorlugte. Das Erstaunlichste aber war, dass ihn diese Verwüstungen auf eine – wenn auch sehr spezielle – Art attraktiver machten. Sie lösten eine Bewunderung dafür aus, dass er überhaupt noch da war, unter den Menschen, als könnte ihm das alles nichts anhaben. Jakob erzählte vom Verlust seines Zahns wie von der verrückten Reise zum Mond. Alles war ein einziges Abenteuer, seine Wunden, seine Schmerzen, seine Angst. Das war etwas, das Jakob immer besser beherrscht hatte als jeder andere: Wenn man ihm zuhörte, verwandelte sich das Leben und alles Scheitern in eine Groteske. Eine Fähigkeit, für die man ihn überall geliebt und von der ich befürchtet hatte, sie sei ihm abhandengekommen.

Neela wischte sich Tränen aus den Augen, und in diesem Moment sah er mich, und alle anderen drehten sich zu mir um. Sie sahen mich an mit einem Blick, als wäre das meine Feier, als wäre der Hauptgast endlich gekommen. Georg, Neela, Inken und eine Frau, die nur Anne sein konnte, stellten das Lachen ein, ihre Sektgläser ab und begannen zu applaudieren.

Es war mir unangenehm, wie jedes Zuviel an Aufmerksamkeit, schon immer. Einfach lächeln, dachte ich, ganz entspannt und dankbar lächeln, das musste doch möglich sein. Ohne mich säße niemand von ihnen hier, und sie schienen es offensichtlich zu genießen. Es war, wie man so sagte, eine vergnügte Runde, und damit war nicht unbedingt zu rechnen gewesen.

Komm endlich her, rief Jakob. Wenn ich könnte, würde ich dich auf Händen tragen, aber ich bin ein geschundener Mann.

Immer diese Entschuldigungen, sagte ich.

Nur äußerlich, Jakob, das ist alles nur dein Körper. Das geht vorbei, meinte Georg.

In diesem Alter geht am Körper gar nichts mehr vorbei, widersprach ihm die Frau gegenüber, die ich für Anne hielt und die ich mir, wir kannten uns schließlich nur vom Telefon, anders vorgestellt hatte, größer, robuster und weniger strahlend.

Aber das macht nichts, sagte sie, die geschundenen Männer sind nicht selten die verlässlichsten. Mit denen kenne ich mich aus.

Sie begrüßte mich mit einer Umarmung, die ihre jahrzehntelange sozialpädagogische Erfahrung verriet, kräftig und eindeutig aufmunternd. Ich hatte keine Ahnung, ob sie alle Menschen auf diese Weise umarmte oder ob ich das persönlich nehmen sollte. Auch Georg erhob sich und breitete seine riesigen Arme aus, in denen ich mich schon damals so sicher gefühlt hatte. Der Nachteil an solchen Begrüßungsritualen war leider, dass man damit weitermachen musste, hatte man die einen umarmt, konnte man es bei den anderen nicht sein lassen. Man sollte also immer bei denen beginnen, die man am wenigsten mochte, mit einem Händedruck oder einem Kopfnicken, danach konnte man sich auf der Skala der Gefühle gelassen nach oben bewegen.

Wir brachten es hinter uns. Inken und ich wie früher, nach außen herzlich, nach innen abgekehrt und voller Skepsis. Wir hatten uns immer Mühe gegeben, aber letztlich gewusst, dass es vergebens sein würde. Schon damals waren wir nicht in der Lage gewesen, mehr als drei profane Sätze miteinander zu wechseln. Wann immer Jakob kurz den Raum verlassen hatte, waren wir schweigend zurück geblieben. Schließlich standen Neela und ich unbeholfen voreinander, sie machte einen Schritt auf mich zu, alles an ihr war weich, geschmeidig, sie roch leicht nach Zedern und wirkte so rein, wie ich es nicht einmal als Kind gewesen war. Als wäre der Dreck des Lebens einfach an ihr abgeperlt. Ich fiel auf ihren Stuhl, den sie mir anbot.

Während dieses ganzen Schauspiels hatte Jakob still auf seinem Platz gewartet und gegrinst. Jetzt lehnte er seinen Kopf an meine Schulter, als wäre er endlich zu Hause und in Sicherheit angekommen, als müsste er sich um nichts mehr kümmern. Danke, sagte er leise, und ich konnte mich gerade noch beherrschen, ihn nicht auf die Stirn zu küssen. Sie war so nah an meinen Lippen, dass ich den Kopf wegdrehen musste.

Neela reichte mir eine Schale mit Zimtreis und Curry herüber, wobei sie nicht mich ansah, sondern Jakob zuzwinkerte.

Das ist besser als alles, was wir in Sri Lanka gegessen haben, sagte er und richtete sich wieder auf. Weißt du noch, wir beide im Garten von Bevis Bawa, und die Teeplantagen, und vier Wochen lang nichts als Curry, Huhn, Rind, Fisch, schmeckte alles gleich.

Ja, sagte ich, obwohl ich mich an so gut wie nichts davon erinnerte. Meine Erinnerung reduzierte sich auf den Anblick des schlafenden Jakob unter meinem Arm. Als hätte ich mich nie glücklicher gefühlt als in jener Nacht.

Neela schlug vor, dass man mal zusammen hinfahren könnte, ihre Eltern besuchen.

Ein Vorschlag wie aus einem Albtraum.

Ich bin dabei, rief Georg und schlug in Jakobs ausgestreckte Hand.

So hatten alle ihre Pläne begonnen, und sie hatten viele damals. Vielleicht sollte ich ebenfalls einschlagen, solange Georg dabei war, ließe sich alles aushalten. Zumindest war das früher so gewesen, da wurde jedes Unglück weggelacht. Doch während ich das noch dachte, betrat ein ganzer Schwall von Menschen den Raum, als hätte der Wind sie hereingeweht. Sie rissen die Arme hoch, in den Händen hielten sie Champagnerflaschen und Luftballons, eine warf Konfetti. Vermutlich alles Leute, die über Tag als Eltern fungierten, die hatten immer bunte Ballons parat. Gemeinsam sangen sie *Viel Glück und viel Segen auf all deinen Wegen*, auch Inken stimmte ein.

Ich wusste nicht, wo die alle herkamen, wusste nur, dass Jakob mir diesen Aufmarsch nie verziehen hätte. Alles, nur keine Party, bloß keine Gäste, das waren seine Worte gewesen, monatelang und an diesem Morgen auch noch. Draußen sah ich ein weiteres Dutzend stehen, unter ihnen die wohl letzten Raucher.

Was ist das?, fragte ich, und Jakob flüsterte mir ins Ohr: Ich habe noch ein paar Leuten Bescheid gegeben. Mir war plötzlich danach.

Dann stand er von seinem Stuhl auf, humpelte ihnen entgegen und fiel von einer Umarmung in die nächste. Lichtes Haar, Poloshirts und weiße Turnschuhe, dünne, faltige Hände, fünfzehn Jahre jüngere Frauen, Schweißflecken auf hellblauen Oberhemden, blasse Tätowierungen auf Unterarmen, in die Haare gesteckte Designersonnenbrillen, Vollbärte, der Geruch von Bioweichspüler und italienischem Parfüm, Gespräche über Antidepressiva und Gleitsichtbrillen.

Ihm war also danach.

Und warum drückte Anne jetzt im Vorbeigehen meine Schulter? Warum lächelte Inken mich so an, so voller Verständnis? Oder war es kein Verständnis, sondern Mitleid?

An meinem Ohr rauschte ein Champagnerkorken vorbei und schlug hinter mir gegen die Wand, jemand pustete eine Luftschlange über unseren Tisch, *Happy Birthday* wurde gesungen. Ich wusste nicht, wohin mit mir, also blieb ich besser sitzen, noch dazu in diesen Schuhen. Neela schaltete hinter dem Tresen die Musik an, *Common People* schallte durch den Raum, und das war vermutlich nur der Anfang der Neunzigerjahre-Playlist. Alle wollten sie zurück in ihre Zwanziger, und wenn man mich fragte, steckte dahinter nichts als der Wunsch, wiederholen zu dürfen, was man beim ersten Mal gegen die Wand gefahren hatte. Die Sehnsucht, von den eigenen Fehlern erlöst zu werden. Oder einfach nur die Schrecken der letzten dreißig Jahre kurz zu vergessen, die verbrauchten Hoffnungen aus den Füßen zu tanzen. In der Hinsicht waren wir uns alle ähnlich.

Georg lehnte sich zu mir herüber, er würde uns beiden mal eine Flasche Champagner besorgen, sagte er und verschwand im Gewühl. Allein blieb ich am Tisch zurück, hin und wieder winkte mir jemand zu, wir kannten uns vom Sehen, flüchtig, wie man sagte, als wäre das Kennenlernen immer vor uns auf der Flucht gewesen. Wie viele flüchtige Bekannte man doch anhäufte über die Zeit. Es mussten Menschen dabei sein, die Jakob seit Jahren nicht gesehen hatte. So war das bei den runden Geburtstagen jetzt, man lud alle ein, bäumte sich auf gegen die Einsamkeit, nur um im nächsten feierlosen Jahr zu merken, dass einem fast niemand gratulierte.

Mit einer angebrochenen Flasche kehrte Georg zurück, setzte sich auf den freien Platz neben mir und schenkte uns die Gläser voll.

Auf Jakob, sagte er und noch während der Klang des Anstoßens verhallte: Da hast du dir ja echt jemanden ausgesucht.

Ich schaute in mein Glas, dieser Champagner perlte außergewöhnlich hübsch, das hätte ich mir den gesamten Abend lang anschauen können.

Aber ich kann das verstehen, sagte Georg. Ging mir schließlich nicht anders.

Ich zuckte kurz zusammen und hoffte, er würde es nicht bemerken.

Georg trank sein Glas in einem Zug leer und füllte es nach.

Was für eine Qual das war, sagte er. Und dann tauchte plötzlich der Name Inken auf, in einer penetranten Weise, das muss ich sagen. Ich habe sie heute zum ersten Mal gesehen, ließ sich nicht vermeiden.

Jetzt war ich diejenige, die den Champagner hinunter stürzte. Ich hatte keine Ahnung gehabt, wie sehr wir einander glichen, dass wir beide denselben Kummer geteilt hatten, ohne jemals ein Wort darüber zu verlieren.

Er schenkte mir nach.

Ich bin mir nicht mal sicher, sagte Georg, ob ich gefallen bin oder nicht doch gesprungen. Von diesem Baugerüst damals.

Die Musik im Raum wurde hochgedreht, Wham! schepperte aus dem kleinen Lautsprecher auf dem Tresen, und Georg beugte sich vor, um mir ins Ohr zu brüllen: Er hat es nie gewusst, bis heute nicht. Den Mann muss man mit Liebe erschlagen, bis er was merkt. Insofern, alles richtig gemacht, Ellen. Wenn er es nach diesem Tag nicht begreift, ist es hoffnungslos.

Entschuldigung, rief plötzlich jemand über uns. Ein Mann mit Glatze, Anzug und einer Uhr, mit der man ins All fliegen konnte.

Ich möchte nur meine Torte bei euch abstellen. Ich weiß nicht, wohin damit.

Er hob sie vor uns auf den Tisch, eine Schwarzwälder Kirschtorte, darauf zig Kerzen, die keine Kerzen waren.

Entschuldigung, brüllte ich. Sind das fünfzig Joints da auf deiner Torte?

Neunundvierzig! Einer ist unterwegs verloren gegangen.

In unserem Alter fangen echt alle wieder an zu kiffen, rief Georg.

Ist aber irgendwie nicht mehr das Gleiche, seitdem das legal ist. Also bedient euch!

Wir blickten amüsiert auf die Torte, und noch während ich dachte, dass zumindest ein Zug nicht schaden könnte, dass ein bisschen Beruhigung jetzt genau das Richtige wäre, kam Anne an unseren Tisch und streckte mir ihre Hand entgegen. Ich bitte dich um einen Tanz! Sie schrie es mit einer solchen Ernsthaftigkeit, dass jeder Widerspruch vergeblich schien. Ich deutete trotzdem auf meine Schuhe, als könnten die eine überzeugende Entschuldigung sein, doch Anne schüttelte den Kopf und gab mir mit einer einzigen Geste zu verstehen, dass ich sie ausziehen sollte. Von dieser Frau konnte ich noch etwas lernen, da hatte ich nicht den geringsten Zweifel. Sie riss mich an der Hand hoch, hinein in das Gewimmel.

Nach den ersten Schritten fiel es leichter, nach dem zweiten Song erwachte plötzlich eine Freude, die ich hier und jetzt nicht erwartet hatte. Anne nahm meine Hände, wir drehten uns umeinander, hörten nicht auf zu tanzen, und um mich herum wurde alles zu einem einzigen heilvollen Durcheinander.

Neela stand am Tresen, wo sie das letzte Roti verteilte.

Georg hatte die Super-8-Kamera entdeckt und bannte für eine kurze Ewigkeit alles aufs Material.

Inken musste leider schon gehen.

Und Jakob, Jakob saß neben meinem leeren Stuhl, wie ich zuvor neben seinem leeren Stuhl gesessen hatte, und schaute sich das alles an wie den Film, den er gern gedreht hätte.

Wir tanzten immer weiter, drehten uns umeinander, und ich merkte kaum, wie Anne die Richtung wechselte, so langsam passierte es und doch so entschieden, dass ich ihr folgte, Schritt um Schritt, bis sie mich da hatte, wo sie mich hinhaben wollte, direkt vor Jakob.

Er schaute zu mir hoch, dieser geschundene Mann, der selbst mit einem geschwollenen Auge und einer frischen Zahnlücke wieder lächeln konnte. Auf eine Art, wie ich ihn noch nie hatte lächeln sehen, als hätte er sich längst entschieden, hätte alle Antworten bekommen. Zum ersten Mal seit viel zu langer Zeit sah er aus wie einer, der wusste, was er wollte.

Gehen wir, sagte er einfach nur, und es schien sich um keine Frage zu handeln, denn er stand auf, griff nach meiner Hand, zog mich an den Tanzenden vorbei nach draußen, und niemand hielt uns auf. Vielleicht waren wir unsichtbar, unantastbar in diesem Moment.

Meine Schuhe, sagte ich noch, doch er meinte: Vergiss die Schuhe, wir haben es nicht weit.

Als wäre das nie anders gewesen, als hätten wir es noch nie und an keinem Ort jemals weit gehabt, als wären wir immer schon ganz in der Nähe gewesen.

Über uns trommelte der Wind auf die Dächer, wirbelten weiße Papierservietten durch die Luft, klatschte das nasse Laub. Es war das erste Mal, dass wir Hand in Hand die Straße hinuntergingen, ohne jede Hast. Wobei gehen nicht wirklich stimmte.

Wir humpelten gemeinsam durch den Sturm.

Wir verpflichten uns zu Nachhaltigkeit

- Papiere aus nachhaltiger Waldwirtschaft und anderen kontrollierten Quellen
- Druckfarben auf pflanzlicher Basis
- ullstein.de/nachhaltigkeit

MIX
Papier
FSC FSC® C014496

claassen ist ein Verlag
der Ullstein Buchverlage GmbH
www.ullstein.de

ISBN: 978-3-546-10095-3

3. Auflage 2024

Lektorat: Matthias Teiting

Bei Fragen zur Produktsicherheit wenden Sie sich bitte an
produktsicherheit@ullstein.de
Gesetzt aus der Arno Pro
Satz: LVD GmbH, Berlin
Druck und Bindearbeiten: GGP Media GmbH, Pößneck